Student Activities Manual

PUENTES

Spanish for Intensive and High-Beginner Courses

FIFTH EDITION

Cuaderno de actividades

Patti J. Marinelli
University of South Carolina

Lizette Mujica Laughlin
University of South Carolina

HEINLE
CENGAGE Learning

Australia • Brazil • Japan • Korea • Mexico • Singapore • Spain • United Kingdom • United States

For product information and technology assistance, contact us at **Cengage Learning Customer & Sales Support, 1-800-354-9706**

For permission to use material from this text or product, submit all requests online at **www.cengage.com/permissions** Further permissions questions can be emailed to **permissionrequest@cengage.com**

ISBN-13: 978-0-495-90199-0
ISBN-10: 0-495-90199-7

Heinle
20 Channel Center Street
Boston, MA 02210
USA

Cengage Learning products are represented in Canada by Nelson Education, Ltd.

For your course and learning solutions, visit **www.cengage.com**

Purchase any of our products at your local college store or at our preferred online store **www.ichapters.com**

Text Credits

Page 15: Reprinted with permission of the Regents of The University of California from Book, No. (1971), UCLA Chicano Studies Research Center. Not for further reproduction.

Page 33: Anderson Imbert, Enrique, El gato de Chesire, Cuentos 1, Obras completas, Buenos Aires, Corregidor, 1999. Used by permission.

Page 73: Reprinted by permission of the estate of Gloria Fuertes.

Page 94: Anderson Imbert, Enrique. El gato de Chesire, Cuentos 1, Obras completas, Buenos Aires, Corregidor, 1999.

Page 107: Reprinted by permission of El Mundo online.

Page 109: Reprinted by permission.

Page 130: Ana Maria Matute. "El tiovivo," de LOS NIÑOS TONTOS@Ana Maria Matute, 1956.

Page 148: Reprinted by permission.

Page 167: ©Mario Benedetti by permission of Guillermo Schavelzon & Asociados, Agencia Literaria.

Printed in the United States of America
1 2 3 4 5 6 7 13 12 11 10 09

Índice de materias

¡Así somos!

CAPÍTULO 1

The practice activities in the *Cuaderno de actividades* coordinate, **paso** by **paso**, with the vocabulary, functional language, and grammatical structures you are studying.

Paso 1

CA1-1 ¿Lógico o ilógico? Lee cada intercambio *(exchange)* y decide si es lógico o ilógico. Marca (√) la columna apropiada. (**Vocabulario temático, págs. 14–15**)

	lógico	ilógico
1. —Hola, Inés. ¿Cómo estás? —Más o menos. ¿Y tú?	_____	_____
2. —¿Cómo te llamas? —Regular, ¿y tú?	_____	_____
3. —Nos hablamos más tarde. —De lo mejor.	_____	_____
4. —¿Cómo se llama usted? —Estoy un poco cansada.	_____	_____
5. —Mucho gusto, Antonio. —Igualmente.	_____	_____
6. —Bueno, adiós. —Hasta mañana.	_____	_____

CA1-2 ¿Cómo están? ¿Cómo están los niños del dibujo en la página 2 hoy? Escribe oraciones completas con el verbo **estar** y el adjetivo más lógico. ¡**Ojo!** Escribe el adjetivo en la forma apropiada. (**Vocabulario temático, pág. 14; Estructuras esenciales, pág. 16**)

MODELO La profesora (enojado / contento)
La profesora está enojada.

1. Ana (enfermo / nervioso)

_____

2. Federico y Teresa (cansado / contento)

_____

3. Marcelo (ocupado / sorprendido)

_____

4. Delia y Vivian (cansado / ocupado)

_____

5. Fabiola (triste / cansado)

_____

6. Ángeles y Antonio (contento / preocupado)

_____

7. Paco y Samuel (enfermo / enojado)

_____

8. Lucinda (preocupado / enfermo)

_____

CA1-3 Mini-conversaciones. Completa las conversaciones con las palabras más lógicas de la lista. No repitas el vocabulario. **(Vocabulario temático, págs. 18–19)**

Conversación 1: Es el primer día de clase. Dos estudiantes hablan antes de la primera clase.

me llamo	soy	eres	yo	tú	mucho gusto

GRACIELA: Hola. Yo soy Graciela Martín.

PATRICIA: **(1)** _____, Graciela. Yo **(2)** _____ Patricia López.

GRACIELA: ¿De dónde **(3)** _____, Patricia?

PATRICIA: De San Juan. ¿Y **(4)** _____?

GRACIELA: Yo **(5)** _____ de Santurce.

Conversación 2: La profesora habla con un nuevo estudiante.

año	calle	dirección	nombre	número	primer

PROFESORA: ¿Cuál es tu **(6)** _____ completo?

CARLOS: Me llamo Carlos Rocas Camacho.

PROFESORA: ¿Cuál es tu **(7)** _____ local?

CARLOS: Vivo en la **(8)** _____ Central, **(9)** _____ 140.

PROFESORA: ¿En qué **(10)** _____ de estudios estás?

CARLOS: Estoy en **(11)** _____ año.

Conversación 3: Jacinta y Rogelio se despiden *(say good-bye)* después de clase.

café	celular	de acuerdo	gracias	luego	teléfono

JACINTA: Hasta **(12)** _____, Rogelio.

ROGELIO: ¿Vamos a un **(13)** _____ más tarde?

JACINTA: Sí, **(14)** _____. Nos vemos.

ROGELIO: A propósito *(By the way)*, ¿cuál es tu número de **(15)** _____?

JACINTA: Mi **(16)** _____ es el 555-2731.

ROGELIO: **(17)** _____. Te llamo *(I'll call you)* más tarde.

CA1-4 Los números de teléfono. Estos son algunos números telefónicos de emergencia de San Juan, Puerto Rico. Escribe cada número usando palabras y sepáralo en pares, como se muestra en el modelo *(as shown in the example)* en la página 4. **(Vocabulario temático, pág. 20)**

🔥	1. BOMBEROS	343-2330
🏥	2. CENTRO MÉDICO	754-3535
🌐	3. SERVICIO SECRETO FEDERAL	766-5539
➕	4. CRUZ ROJA AMERICANA	729-6785
☠	5. ENVENENAMIENTO	748-9042
👁	6. FBI	316-0915

Policía Emergencia 343-20-20
        Tres—cuarenta y tres—veinte—veinte

1. _____

2. _____

3. _____

4. _____

5. _____

6. _____

CA1-5 Primer encuentro. Bill Prince es estudiante de la Universidad de Iowa. Hoy es el primer *(first)* día de clase. Bill habla con una compañera, Anita Robles. Escribe un diálogo entre Bill y Anita; usa la información del dibujo *(the drawing)* y la imaginación. (**Vocabulario temático, págs. 14–15 y 18–19**)

BILL: _____

ANITA: _____

BILL: _____

ANITA: _____

BILL: _____

ANITA: _____

BILL: _____

CA1-6 Entrevista. Tienes una entrevista para un nuevo empleo *(job)*. Completa el diálogo con tu información personal. (**Vocabulario temático, págs. 14–15 y 18–19**)

SRTA. CALVO: Buenos días. ¿Cómo está Ud.?

TÚ: **(1)** _____ . ¿_____?

SRTA. CALVO: Bien, gracias. Eh... Ud. está aquí para una entrevista, ¿verdad? ¿Cómo se llama Ud.?

TÚ: **(2)** _____

SRTA. CALVO: Por favor, ¿cómo se escribe su primer nombre?

TÚ: (3) _____

SRTA. CALVO: ¿Y su apellido?

TÚ: (4) _____

SRTA. CALVO: Muy bien. Necesito algunos datos más para este formulario. ¿Cuál es su dirección local?

TÚ: (5) _____

SRTA. CALVO: Gracias. Y, por favor, ¿cuál es su número de teléfono?

TÚ: (6) _____

SRTA. CALVO: ¿Y su dirección de correo electrónico?

TÚ: (7) _____

SRTA. CALVO: Bueno. Espere aquí *(Wait here)* un momentito, por favor. Voy a llamar al director.

CA1-7 Gloria. Gloria participa en una red social *(social networking site)*. Aquí tienes parte de su información personal. **(Gramática, págs. 22–23)**

Primera parte: Completa la descripción con los verbos en el presente.

Me llamo Gloria y **(1)** _____ (ser) de Cuba originalmente. Ahora vivo con mi familia en Nueva

York. Yo **(2)** _____ (tener) 19 años y **(3)** _____ (estar) en segundo año en la

universidad. Durante la semana estoy ocupada con mis clases, pero los fines de semana

(4) _____ (ir) a fiestas y conciertos con amigos.

   Mi mejor amiga **(5)** _____ (ser) Dafné. Ella **(6)** _____ (ser) de Puerto Rico

y **(7)** _____ (tener) 19 años como yo. Nosotras **(8)** _____ (ser) compañeras de

cuarto en la universidad también. Dafné y yo **(9)** _____ (ir) a clase juntas *(together)*.

Segunda parte: Un nuevo amigo escribe a Gloria. Ella responde con unas preguntas. Completa las preguntas con los verbos en el presente.

Gracias por tu respuesta. Quiero saber más de ti. ¿De dónde **(10)** _____ (ser) tú? ¿Cuántos años

(11) _____ (tener) tú? ¿Adónde **(12)** _____ (ir) tú y tus amigos los fines de semana?

CA1-8 Amigos por correspondencia. Una estudiante busca amigos por correspondencia *(is looking for pen pals)*. Completa su anuncio con los siguientes verbos en el tiempo presente: **ser, tener, ir. (Gramática, págs. 22–23)**

¡Hola! Me llamo Nelly y **(1)** _____ de San Juan, Puerto Rico. (Yo) **(2)** _____

veinte años. Busco amigos por correspondencia para intercambiar correos electrónicos.

¿**(3)** _____ (tú) estudiante universitario? ¡Yo también! Estudio en la Universidad Interameri-

cana. **(4)** _____ una institución privada y **(5)** _____ 40 000 estudiantes.

¿**(6)** _____ (tú) ganas de ser mi amigo? Escríbeme. Mi dirección de correo electrónico

(7) _____ NRiveras22@hotmail.com. Dime... ¿dónde estudias? ¿Adónde **(8)** _____

tú y tus amigos los *weekends*? (Yo) **(9)** _____ un presentimiento *(feeling)* positivo: ¡tú y yo

(10) _____ a ser buenos amigos por correspondencia!

Paso 2

CA1-9 Una familia interesante. Homero Simpson describe a su familia. Completa la descripción con las palabras más lógicas de la lista. (**Vocabulario temático, págs. 26–27; Estructuras esenciales, págs. 27–28**)

esposo	esposa	hijo	hija	hermanos	hermanas
madre	padre	mayor	menor	mi	tu
nuestra	nuestros	su	sus	Ud.	ella

Yo soy Homero J. Simpson. Tengo 36 años y soy supervisor de la planta nuclear de Springfield. Mi

(1) _____ se llama Marge. Ella tiene 34 años y es la ingeniera doméstica de (2) _____

casa. También es la (3) _____ de (4) _____ tres hijos. Nuestro (5) _____

mayor se llama Bart. Es un chico un poco desobediente pero bueno. (6) _____ héroes personales

son el Payaso Krusty y Hombre Radioactivo. (7) _____ mejor amigo es su perro (*dog*), Pequeño

Ayudante de Santa. Nuestra (8) _____ se llama Lisa. Tiene ocho años y es una niña inteligente

y creativa. (9) _____ libro favorito es uno de Virginia Woolf. Nuestra hija (10) _____

es Maggie. ¡Maggie es (11) _____ hija favorita! Tiene solo un año y juega (*she plays*) mucho con sus

(12) _____ .

CA1-10 ¿Quién es quién? Víctor está en una fiesta en la casa de su amiga Laura. Lee las preguntas que Víctor hace. Completa las respuestas de Laura con los adjetivos posesivos más lógicos: **mi(s), tu(s), su(s), nuestro(a)(s).** (**Estructuras esenciales, págs. 27–28**)

1. VÍCTOR: ¿Es Ramón el hermano de Julia y Beatriz?

   LAURA: Sí, es _____ hermano menor.

2. VÍCTOR: ¿Es Luisa tu compañera de clase?

   LAURA: No, no es _____ compañera de clase.

3. VÍCTOR: ¿Es Tania la hija de Don Manolo?

   LAURA: No, no es _____ hija.

4. VÍCTOR: ¿Son los gemelos nietos de Doña Marta?

   LAURA: Sí, son _____ nietos favoritos.

5. VÍCTOR: ¿Son los Hernández vecinos de ustedes?

   LAURA: Sí, ellos son _____ vecinos.

6. VÍCTOR: ¿Es Patricia la novia de Daniel?

   LAURA: No, ella no es _____ novia. ¡Pati y Daniel son hermanos!

7. VÍCTOR: ¿Son ellos los padres de Gisela?

   LAURA: Sí, son _____ padres, Julio y Carmen Elizondo.

8. VÍCTOR: ¿Es Doña Margarita la abuela de ustedes?

   LAURA: Sí, es _____ querida abuelita Rita.

9. Víctor: ¿Es posible? ¿Los señores altos son mis tíos?

    Laura: Sí, ellos son _____ tíos políticos *(by marriage)*.

10. Víctor: ¿Y tus hermanos? ¿Dónde están?

    Laura: _____ hermanos no están aquí. Ellos viven en Ponce.

CA1-11 Dime más. Escoge la frase o las frases más lógicas para completar cada oración. Puede haber una respuesta correcta (por ejemplo, b.), dos respuestas correctas (por ejemplo, a. y b.) o tres respuestas correctas (a., b. y c.). **(Vocabulario temático, pág. 30)**

_____ **1.** Mi hermana y yo vivimos _____.

    a. en un apartamento   **b.** con nuestra tía   **c.** en el Viejo San Juan

_____ **2.** Mi tío trabaja _____.

    a. en la Universidad   **b.** cinco clases   **c.** en su propio negocio

_____ **3.** Normalmente, mis amigos y yo vamos a la biblioteca para _____.

    a. estudiar   **b.** vivir   **c.** hacer ejercicio

_____ **4.** Este semestre tomo _____.

    a. que leer mucho   **b.** en una residencia   **c.** cuatro clases

_____ **5.** Por lo general, paso mucho tiempo _____.

    a. juntos   **b.** con mis amigos   **c.** en el gimnasio

_____ **6.** Este semestre trabajo en un laboratorio _____.

    a. por la mañana   **b.** por la tarde   **c.** los fines de semana

_____ **7.** No paso mucho tiempo con mi familia porque _____.

    a. como en casa   **b.** viven lejos   **c.** asisto a una universidad cerca de ellos

_____ **8.** Voy a restaurantes de comida rápida _____.

    a. mucho para mis clases   **b.** para comer   **c.** después de clases

CA1-12 Rita y Susana. Rita y Susana son nuevas compañeras de clase. Completa su conversación con los verbos más lógicos. Escribe los verbos en el presente del indicativo. **(Gramática, págs. 33–34)**

MODELO ¿De dónde (ser / vivir) *eres* (tú)?

    Rita: ¿**(1)** (Tener / Vivir) _____ (tú) una familia grande?

    Susana: No, **(2)** (ser / pasar) _____ cinco en mi familia. Mi hermano mayor **(3)** (regresar / asistir) _____ a la Universidad de Puerto Rico. El menor **(4)** (estar / regresar) _____ en el colegio.

    Rita: ¿Dónde **(5)** (escuchar / vivir) _____ Uds.?

    Susana: En Bayamón. Mi padre **(6)** (trabajar / comer) _____ en un banco y mi madre en una agencia de viajes.

    Rita: ¿Cuántas clases **(7)** (aprender / tomar) _____ (tú) este semestre?

SUSANA: Cinco. **(8)** (Yo) (Correr / Necesitar) _____ estudiar mucho. En la clase de inglés,

¡**(9)** (nosotros) (escribir / leer) _____ una novela todas las semanas!

RITA: ¿Cómo **(10)** (mirar / pasar) _____ tú y tus amigos el tiempo libre (*free time*)?

SUSANA: (Nosotros) **(11)** (Practicar / Comprender) _____ deportes y **(12)** (aprender / correr)

_____ por el campus. También **(13)** (ir / limpiar) _____ a fiestas y

(14) (mirar / visitar) _____ vídeos y películas.

CA1-13 Héctor y yo. Completa las oraciones con los verbos de la lista. Escoge el verbo más lógico y escríbelo en el tiempo presente. Un verbo se usa dos veces (*twice*). **(Gramática, págs. 33–34)**

asistir	estudiar	pasar	tomar
correr	mirar	practicar	vivir

1. Héctor y yo _____ a la Universidad de Puerto Rico.

2. Este semestre él y yo _____ tres clases y un laboratorio juntos.

3. Héctor siempre está en la biblioteca; él _____ mucho.

4. Héctor _____ en una residencia pero yo _____ con mi familia.

5. Después de clases, yo _____ la televisión con mi hermano menor.

6. Los fines de semana mi padre y yo _____ deportes en el gimnasio.

7. Mi madre y mi hermano _____ dos millas por el pueblo.

8. ¿Y tú? ¿_____ mucho tiempo con tu familia?

CA1-14 La isla del encanto. Usa la información a continuación para completar las oraciones sobre Puerto Rico. Verbos útiles: **ser, vivir, tener, hablar, practicar, escuchar, visitar. (Gramática, págs. 33–34)**

Puerto Rico

- La capital de Puerto Rico: San Juan
- Habitantes: Aproximadamente cuatro millones
- El clima (*climate*): tropical
- Las lenguas oficiales: inglés y español
- La religión principal: el catolicismo
- Bases de la cultura: tres grupos étnicos: los taínos, los españoles y los africanos
- Los deportes más populares: el béisbol, el básquetbol y el vóleibol
- Los tipos de música más populares: la salsa, el jazz
- Los destinos turísticos: el Viejo (*Old*) San Juan, el bosque tropical lluvioso (*tropical rain forest*) El Yunque

MODELO La capital de Puerto Rico *es San Juan*.

1. Aproximadamente cuatro millones de personas _____.

2. El clima de Puerto Rico _____.

3. Respecto a las lenguas, los puertorriqueños _____.

4. Con respecto a la religión, la mayoría (majority) de los puertorriqueños _____.

5. En cuanto a los deportes, muchas personas _____.

6. Respecto a la música, muchos puertorriqueños _____.

7. Muchos turistas van a Puerto Rico y _____.

Paso 3

CA1-15 El tiempo libre. ¿Qué hacen en el tiempo libre? Relaciona (Match) las dos columnas para formar oraciones lógicas. (**Vocabulario temático, pág. 36**)

_____ 1. Me gusta mucho navegar por...   **a.** de compras.

_____ 2. Mis amigos y yo practicamos...   **b.** la música clásica.

_____ 3. Los fines de semana montamos...   **c.** Internet.

_____ 4. A mis hermanos les gusta escuchar...   **d.** en clubs.

_____ 5. No les gusta ir...   **e.** el fútbol americano.

_____ 6. Por lo general yo leo...   **f.** en bicicleta.

_____ 7. Cuando regreso a casa, miro...   **g.** películas.

_____ 8. Mi novia y yo bailamos...   **h.** revistas.

CA1-16 ¿Qué les gusta? Completa las siguientes oraciones con el pronombre de complemento indirecto apropiado (**me, te, le, nos, les**) y el verbo **gustar** en el tiempo presente. (**Gramática, págs. 39–40**)

MODELO   A mis amigos les gusta ir de compras pero a mí no _me gustan_ los centros comerciales.

1. Hernando va mucho a fiestas porque _____ bailar.

2. Mi hermano y yo jugamos tenis, básquetbol, hockey y golf. ¡ _____ los deportes!

3. Teresa va al cine todos los fines de semana porque _____ las películas de Hollywood.

4. Ellos van a Ciberjava porque _____ tomar café y navegar por Internet.

5. No voy a mirar el partido con Uds. porque no _____ el fútbol americano.

6. A mí me gusta todo tipo de música latina pero a ti solamente _____ las cumbias.

CA1-17 Gustos diferentes. Los hermanos gemelos pueden ser muy diferentes. Completa el siguiente párrafo con las palabras o las frases más lógicas de la lista. (**Gramática, págs. 39–40**)

a mí	me gusta	me gustan	escucha	jugar
a mi hermano	le gusta	le gustan	navega	las revistas
a ti	les gusta	el parque	toca	los partidos

Mi hermano gemelo y yo somos muy diferentes. Él (1)_____ el piano clásico pero a mí no

(2)_____ la música clásica. A él (3)_____ las novelas de ciencia ficción pero

(4)_____ no me gustan. Yo leo (5)_____ de deportes. También me gusta

(6) _____ básquetbol y por la noche miro (7) _____ de fútbol. A mí
(8) _____ mucho los deportes, pero (9) _____ le gusta más la música.
Constantemente (10) _____ su ipod. También (11) _____ ir a clubs o a
conciertos en (12) _____ para escuchar sus bandas favoritas.

CA1-18 Una entrevista. Completa la siguiente entrevista imaginaria entre Marc Anthony y una reportera. Escoge la palabra más lógica de la lista. **(Gramática, págs. 42–44)**

1. **no   sí   verdad   por qué**

   REPORTERA: Usted no nació *(were born)* en Puerto Rico, ¿ ~~no~~ verdad ?

   MARC ANTHONY: Yo nací *(was born)* en Nueva York pero mis padres son de Puerto Rico.

2. **Qué   Cómo   Cuál   Quién**

   REPORTERA: ¿ Qué _____ es su nombre verdadero?

   MARC ANTHONY: Marco Antonio Muñiz, en honor a un famoso cantante mexicano.

3. **Cuánto   Cuánta   Cuántos   Cuántas**

   REPORTERA: ¿ Cuántos _____ hijos tiene?

   MARC ANTHONY: Cinco: Arianna, Ryan, Cristian, Max y Emme.

4. **Cuál   Cómo   Qué   Cuánto**

   REPORTERA: ¿ Cuál _____ se llama su primer álbum de salsa?

   MARC ANTHONY: *Otra nota,* presentado en 1993.

5. **Cómo   Cuándo   Cuál   Qué**

   REPORTERA: ¿ Qué _____ le gusta hacer cuando no está trabajando?

   MARC ANTHONY: ¡Pasar el tiempo con mi querida esposa Jennifer!

CA1-19 Pedro, el preguntón. Tienes un nuevo amigo muy preguntón *(inquisitive)*. ¿Qué te pregunta? Usa las palabras para formar preguntas lógicas. Después, contesta las preguntas. **(Gramática, págs. 42–44)**

MODELO   ¿estudiar (tú) / español / todos los días?

   ¿Estudias español todos los días?

   Tu respuesta: *Sí, estudio español todos los días.*

   o: *No, estudio español tres días a la semana.*

1. ¿cuánto / clase / tener (tú) / este semestre?

   _____

   Tu respuesta: _____

2. ¿cuál / ser / tu profesor(a) favorito(a)?

   _____

   Tu respuesta: _____

3. ¿dónde / comer / tú / y / tu / amigos generalmente?

_____

Tu respuesta: _____

4. ¿vivir / Uds. / en una residencia?

_____

Tu respuesta: _____

5. ¿por qué / estudiar (tú) / español?

_____

Tu respuesta: _____

6. ¿qué / deportes / te / gustar / más?

_____

Tu respuesta: _____

CA1-20 El buceo. El buceo *(diving, snorkeling)* es una actividad muy popular en Puerto Rico, y tu nueva amiga Marisa es experta en este deporte. ¿Qué le preguntas a Marisa sobre el buceo? Escribe preguntas lógicas. **(Gramática, págs. 42–44)**

MODELO   Tú: *¿Es popular el buceo en Puerto Rico?*

Marisa: Sí, es muy popular.

1.   Tú: ¿_____?

Marisa: Sí, me gusta mucho bucear. Es una de mis actividades favoritas.

2.   Tú: ¿_____?

Marisa: Sí, la visibilidad es buena, de 100 pies *(feet)* en toda la isla.

3.   Tú: ¿_____?

Marisa: La temperatura del agua es de 80 grados Fahrenheit, o 27 grados Celsius.

4.   Tú: ¿_____?

Marisa: Generalmente buceo en las islas de Culebra y Vieques.

5.   Tú: ¿_____?

Marisa: Normalmente, buceo con mi hermano.

6.   Tú: ¿_____?

Marisa: Una excursión de buceo cuesta aproximadamente $100.

Un paso más

Un paso más has enrichment activities that complement the chapter's objectives. It consists of the following four sections:

Panorama cultural: A comprehension activity related to the country information presented in the corresponding section of the text; also, a pre-viewing video activity correlated to the country video.

¡Vamos a leer!: Reading strategies and practices with authentic materials such as ads, menus, short magazine and newspaper articles; also, a brief literary reading and comprehension activity.

¡Vamos a escribir!: Writing strategies and related practice; also, a composition task drawn from real life.

¡Todo oídos!: Listening practice based on a radio-broadcast format, found on the audio CD accompanying the *Cuaderno de actividades*. Also, pronunciation exercises.

Panorama cultural

CA1-21 ¿Qué recuerdas? Lee la información sobre Puerto Rico en la sección **Panorama cultural** de tu libro de texto, *Puentes*. Completa la tabla para comparar Puerto Rico con los Estados Unidos. (*Note: The information for Puerto Rico may be found in your textbook. Use your personal knowledge or consult other sources for the information for the United States.*) (**Panorama cultural, págs. 50–51**)

	Puerto Rico	**Los Estados Unidos**
1. La unidad monetaria		
2. Una de las bases de la economía		
3. Lenguas oficiales		
4. Un símbolo del país (*country*)		
5. Un indígena importante durante la época colonial		
6. Un atleta conocido por su trabajo humanitario		
7. Una mujer influyente (*influential*) en política		

CA1-22 Imágenes de Puerto Rico. Aquí tienes vocabulario importante del vídeo sobre Puerto Rico. Completa las oraciones con las palabras o las frases más lógicas de la lista.

al aire libre *outdoor*　　　　**máscaras** *masks*

artesanías *handicrafts*　　　**muralla** *wall*

bacalao *codfish*　　　　　　**paseo tablado** *boardwalk*

ciudad *city*

1. San Juan, la capital de Puerto Rico, tiene una _____ de 60 pies (*feet*) de alto.

2. Las _____ típicas de Puerto Rico incluyen instrumentos musicales y objetos de madera (*wood*).

3. Las _____ de papel maché representan la influencia africana en la cultura de Puerto Rico.

4. Una comida (*food*) típica de Puerto Rico es "bacalaítos", frituras de (*fried*) _____.

5. Ponce es la segunda *(second)* _____ más grande de Puerto Rico.

6. La Guancha es una atracción de Ponce. Es un _____ junto al mar *(sea)*.

7. Puerto Rico es ideal para las actividades _____, como por ejemplo, hacer un picnic.

¡Vamos a leer!

In this section you will improve your reading skills as you practice with all kinds of readings, from magazine articles to poems to short stories. Each chapter also presents a strategy that you can apply immediately to the reading.

Lectura A: Seis atracciones de Puerto Rico

This magazine article describes six tourist attractions in Puerto Rico. As you read it, you will learn to make up for gaps in your knowledge of Spanish by recognizing cognates and using context to guess the meaning of words.

Seis atracciones de Puerto Rico

Puerto Rico es una isla pequeña pero tiene muchas cosas que ofrecer a los visitantes. A continuación publicamos seis atracciones turísticas que recomendamos. Por supuesto, ¡hay muchas más!

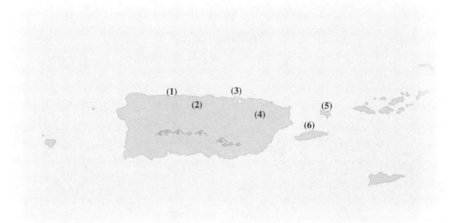

1 Cavernas del río Camuy

Un río tropical subterráneo atraviesa este sistema de cavernas. Los visitantes primero descienden en trolley en medio de vegetación tropical. Luego caminan por puentes y rampas, y finalmente, llegan a Cueva Clara, un espectáculo visual de estalactitas y estalagmitas.

2 Observatorio de Arecibo

Tal vez has visto este centro de investigación en la película *Contact* con Jodie Foster o en *Golden Eye* con Pierce Brosman. Su impresionante radiotelescopio es el más grande del mundo: ¡cubre un área de 20 acres! Está abierto al público y en su centro de visitantes hay información sobre las galaxias así como exhibiciones interactivas de astronomía.

3 Castillo de San Felipe del Morro

Más de dos millones de personas visitan esta antigua fortificación cada año. Los españoles la construyeron entre los siglos XVI y XVIII para defender San Juan. Hoy, los visitantes pueden ver los cañones antiguos, explorar pasadizos secretos, escuchar historias de asaltos de piratas y tomar magníficas fotografías del océano Atlántico.

4 Bosque Nacional del Caribe

Conocido como El Yunque, es el único bosque lluvioso tropical en el Sistema Nacional de Bosques de los Estados Unidos. Abarca 112 km^2 y contiene especies vegetales y animales únicas en el mundo. Definitivamente, es un lugar ideal para disfrutar de la naturaleza exótica, la tranquilidad y la serenidad.

5 Playa Flamenco

Es considerada una de las playas más bellas del planeta. Su arena es blanca, su agua es cristalina y está rodeada por preciosas montañas. Es perfecta para practicar el snorkeling. Cuenta con baños, duchas, teléfonos públicos, puestos de comida y área para acampar.

6 Bahía bioluminiscente de Vieques

Imagina ir en kayak de noche y ver en el agua miles de lucecitas brillantes. Esta bioluminiscencia es generada por unos organismos microscópicos que se iluminan como defensa natural. ¡Es una experiencia mágica!

CA1-23 Estrategia: Deducir el significado de las palabras. Although your vocabulary in Spanish is limited, you will be able to understand the essential ideas of many brochures and magazine articles if you follow these tips in the **Estrategia** box.

Estrategia: *Deciphering unfamiliar words*

When you encounter an unfamiliar word while reading, ask yourself the following:

- **Is it a cognate?** Cognates, or **cognados,** are words that have similar meanings and spellings in two different languages. For example, the English word *attraction* is similar in spelling and meaning to the Spanish word **atracción.** Sometimes you need to change or remove some letters to find the connection; for instance, **espectáculo** and *spectacle*.

- **What is the context of the unfamiliar word?** Context refers to the words and sentences that surround an unfamiliar word. Often you can guess the meaning of a word by looking carefully at the clues from the surrounding text. For example, in the last paragraph of the reading, you can probably surmise that **lucecitas** means *lights* since they are described as brilliant and the following sentence talks about bioluminescence and illuminating microorganisms.

---

1. As you read "Seis atracciones de Puerto Rico," find the Spanish equivalents of the following twelve cognates.

   English   **Spanish**

   a. caverns   _____

   b. stalagmites   _____

   c. observatory   _____

   d. astronomy   _____

   e. defend   _____

   f. cannons   _____

   g. species   _____

   h. tranquility   _____

   i. crystalline   _____

   j. mountains   _____

   k. generated   _____

   l. magical   _____

2. Use the information in "Seis atracciones de Puerto Rico" to indicate whether the following statements are true or false. Remember to use cognates and context clues to decipher the meaning of unfamiliar words.

	True	**False**
a. Camuy is a tropical underground river.	_____	_____
b. The Arecibo Observatory is the ideal place to take photographs of the Atlantic Ocean.	_____	_____
c. If you want to hear stories about pirate attacks, visit Playa Flamenco.	_____	_____
d. El Yunque is the U.S. Forest System's only tropical rain forest.	_____	_____
e. You can go camping in Playa Flamenco.	_____	_____
f. No one knows what makes the bioluminescent bay glow at night.	_____	_____

Lectura B: *"address"*

This reading is a short, bilingual poem composed by a well-known Mexican-American writer.

CA1-24 "address." As you read this poem, answer the study guide questions in English.

---

address
-Alurista

address
occupation
age
marital status
— perdone…
    yo me llamo pedro

What gives the reader the impression that the poem is a dialogue between two people? Where do you think they are?

_____

_____

telephone
height
hobbies
previous employers
— perdone…
    yo me llamo pedro
    pedro ortega
zip code i.d.
number
classification
rank
— perdone mi padre era
    el señor ortega
    (a veces don* josé)
race

How many times does the Spanish-speaking person interrupt? What is he trying to say?

_____

_____

---

* title of respect used with the first or given name

CA1-25 Comprensión. Complete the sentences below as you read the poem "address."

_____ **1.** In the poem, we hear two voices. They are _____.

    a. an English-speaking student meeting a Spanish-speaking student

    b. an English-speaking interviewer and a Spanish-speaking respondent

    c. an English-speaking homeowner and a Spanish-speaking maid

_____ **2.** The lines spoken by the English speaker are _____.

    a. warm and inviting

    b. impersonal and bureaucratic

    c. friendly but efficient

_____ **3.** The Spanish speaker repeatedly interrupts the interchange in order to _____.

    a. add important personal information

    b. ask serious questions

    c. make light-hearted remarks

_____ **4.** The Spanish speaker interjects information about _____.

    a. his country of origin

    b. his pastimes

    c. his family

CA1-26 El autor. Read the short description about the author of the poem "address" and answer the questions in complete sentences in Spanish.

> Alurista es el seudónimo de Alberto H. Urista, a quien muchos consideran el poeta laureado de la literatura chicana. Nació en México en 1947 y emigró a los Estados Unidos en 1961. Es especialmente conocido por componer poemas que mezclan *(mix)* el español y el inglés. En el poema bilingüe "address", aprendemos un poco sobre los valores *(values)* de los mexicano-americanos.

1. ¿Cuál es el nombre completo del autor?

_____

2. ¿De dónde es?

_____

3. ¿Dónde vive?

_____

4. ¿En qué lenguas *(languages)* escribe normalmente?

_____

5. En tu opinión, ¿por qué escribe en dos lenguas?

_____

¡Vamos a escribir!

¡Vamos a escribir! is the composition section of your *Cuaderno de actividades.* In this section you will learn strategies to help you improve and focus your writing.

CA1-27 Estrategia: El proceso de escritura. Beginning language learners are often tempted to write their compositions in English and then translate them into Spanish. However, this is actually the hard way to write! The secret to writing a good composition in Spanish is to work within your knowledge base and incorporate the vocabulary and grammatical structures that are most familiar to you. Read about the four key steps to creating an effective composition and then complete the activities that follow.

Estrategia: *The writing process*

Fase 1: Lluvia de ideas *(Brainstorming).* For the first step, think about the topic of your composition. Write down as many related words and phrases as you can, without concern about order or organization.

Fase 2: Organización *(Select and organize).* For the second step, look at the words you have jotted down. Consider how they might be organized into topics. Remember that you may need to add additional words and discard others so that you can create an interesting and complete composition.

Fase 3: Borrador *(Rough draft).* For the third step, use your organized list from **Fase 2** as a guide to write a rough draft of your composition.

Fase 4: Revisión y corrección *(Edit and proofread).* For the last step, edit your first draft for content and organization; then proofread it to correct grammatical errors, spelling, and punctuation. Finally, create a clean final draft.

1. **Lluvia de ideas y organización.** Barry is planning to write a composition about his best friend. Read the words and phrases that he brainstormed and organize them into topics.

Es de Myrtle Beach.   dos hermanos

Trabaja en el restaurante Delaney's.

residencia Preston   cinco clases

tenis

conciertos de jazz

diecinueve años   leer   películas cómicas

segundo año de estudios   inteligente   responsable

novia—Alicia   perro—Jake   videojuegos

a. Datos personales y la familia	b. La vida en la universidad	c. Pasatiempos

2. **Revisión y corrección.** Read the rough draft that Barry wrote about his best friend. Two sentences in Barry's composition break the flow of the paragraph. Which two are they? Cross them out. The five words in boldface in the rough draft represent errors in Barry's composition. Write the corrected forms below:

a. **son** (Hint: Make verb forms agree with their subjects.) _____

b. **el** (Hint: Is **residencia** a masculine or a feminine word?) _____

c. **tambien** (Hint: Does this word have a misspelling or need an accent mark?) _____

d. **te** (Hint: Which indirect object pronoun should be used to refer to Roberto?) _____

e. **mucho** (Hint: **Proyectos** is a plural noun. How can you make the adjective agree with it?) _____

> Mi mejor amigo es Robert Lenz. Robert es estudiante en la Universidad de Carolina del Sur y está en segundo año de estudios. Robert tiene un perro, Jake. Robert y yo **son** compañeros de cuarto y vivimos en **el** residencia Preston. Como muchos estudiantes, Robert siempre está ocupado. Todos los semestres toma cinco clases y **tambien** trabaja en el restaurante Delaney's. En su tiempo libre, **te** gusta jugar al tenis, jugar videojuegos y leer. Su familia vive en Myrtle Beach. Robert pasa mucho tiempo con su novia Alicia. Con frecuencia Robert y Alicia van al cine o a conciertos de jazz. Robert participa también en **mucho** proyectos de servicio voluntario en nuestro campus. Admiro mucho a Robert porque es una persona inteligente y responsable con muchos intereses.

CA1-28 Un anuncio personal. The International Student Association on your campus has a social networking website. You would like to meet a Spanish-speaking student so that you can practice Spanish and learn more about Hispanic cultures. Write a personal ad for this networking site. Follow the four basic steps of the writing process and then write your final draft here.

Include the following information in your ad:

- personal data, such as your name, where you're from, your e-mail address, and phone number
- hobbies and pastimes, and other interesting information about yourself
- your reasons for wanting to participate in a cultural exchange (**intercambio cultural**)

_____

_____

_____

_____

_____

_____

Phrases: Describing people; expressing a wish or desire; greeting; stating a preference; talking about the present

Vocabulary: leisure; nationality; people; school: university; sports

Grammar: verbs: present

Todo oídos

Todo oídos is the listening section for the *Cuaderno de actividades*. This section includes both listening comprehension and pronunciation activities. The listening practice sections take the format of a radio broadcast with a wide variety of programming, from health bulletins to weather reports.

Before listening to each recorded activity, be sure to read carefully the corresponding instructions in this *Cuaderno*. Sometimes there are additional written instructions for these listening exercises that are not in the recording.

La emisora de radio WSEC 104.5 les presenta...

🔊 **CA1-29 "La hora latina".** Escucha el programa y contesta las preguntas a continuación.
TRACK 2

_____ 1. El programa "La hora latina" solamente toca _____.

    a. música clásica   **b.** música popular   **c.** música ranchera

_____ 2. Celia Cruz es una cantante _____.

    a. mexicana   **b.** puertorriqueña   **c.** cubana

_____ 3. El disco "Ven a mí" es de un _____.

    a. futbolista   **b.** boxeador   **c.** jugador de béisbol

_____ 4. El cantante *(singer)* va a tener _____ el viernes.

    a. un concierto   **b.** un espectáculo de boxeo   **c.** un disco

_____ 5. Según el presentador del programa "La hora latina", el deportista es _____.

    a. sociable   **b.** tímido   **c.** agresivo

_____ 6. Al cantante le gusta la música _____.

    a. salsa   **b.** merengue   **c.** romántica

La pronunciación

🔊 **CA1-30 Las vocales.** The five vowels in Spanish are represented by the letters **a, e, i, o, u.** They follow a simple,
TRACK 3 but rigid, sound system. Read the models; then listen as they are pronounced and repeat each one.

In order to avoid interference from the English sound system, remember the English schwa (ə) sound does not exist in Spanish. The schwa causes most unstressed vowels to become "lazy" (like *a* in English *sofa* instead of pure **a** in Spanish **sofá**). Spanish vowels have a short, crisp, clear sound.

A	sounds like the *a* in English *father*	Ana
E	sounds like the *e* in *let*	Ester
I	sounds like the *i* in *machine*	Silvia
O	sounds like the *o* in *go*	Otto
U	sounds like the *u* in *rude*	Hugo

🔊 **CA1-31 Más práctica con las vocales.** Here are some single-syllable words that practice the vowels. Say them
TRACK 4 aloud, listen to them, and repeat each one. Remember to avoid the schwa (ə) sound.

da te sin tos su

Now, here are some words that are cognates, words that are similar in spelling and meaning in both languages.
Practice saying them aloud, listen to them as they are pronounced, and repeat each one. Avoid the schwa!

adorable canal paternal Caracas Colorado

🔊 **CA1-32 Los sonidos.** Because native speakers of Spanish link sounds together between words when speaking to
TRACK 5 each other, students of Spanish sometimes comment on how fast they sound. This natural linking occurs in normal conversational speech between the final sound of a word and the beginning sound of the word that follows. In
particular, vowels will link without pauses. In order to practice the linking of vowels with other vowels and consonants, first read the following sentences aloud, then listen to them, and finally repeat each one.

Soy Ana Alicia Alonso.

Enrique estudia arte.

Rosa aprende inglés.

You probably noticed how the words were "run together." With practice, you will learn to distinguish one word
from another.

🔊 **CA1-33 Los nombres.** You will now hear some common names pronounced in Spanish. As you hear each name,
TRACK 6 record in the spaces only the vowels used in the names in the order in which they appear in the name. Then, say
the vowels out loud. Finally, say the name again.

MODELO   You hear: M a r í a
              You write: *a, í, a*

1. ___n ___s t ___s___ ___

2. T ___m ___t___ ___

3. J ___s ___f ___n___

4. G ___ ___d ___l ___p___

¡De viaje!

CAPÍTULO 2

Paso 1

CA2-1 Las horas. Pon las siguientes horas en orden, de más temprano a más tarde *(from earliest to latest)*. Escribe 1–7 para indicar el orden correcto. (**Vocabulario temático, pág. 56**)

_____ **a.** Son las dos de la madrugada.

_____ **b.** Son las diez de la noche.

_____ **c.** Son las dos y cuarto de la tarde.

_____ **d.** Son las once menos veinte de la mañana.

_____ **e.** Son las diez y media de la mañana.

_____ **f.** Es la una de la tarde.

_____ **g.** Es mediodía.

CA2-2 En México. Estás de viaje en México y ves *(you see)* estos letreros *(signs)*. Léelos *(Read them)* y completa las oraciones de la página 22 de una manera lógica. (**Vocabulario temático, pág. 56**)

Museo
José Luis Cuevas

martes–domingo
9:30AM – 5:45PM

Banco de
México

lunes–viernes
9:00–1:30

Café Tacuba

Todos los días
8:00AM–11:00PM

Ciudad	Salida
Zacatecas	8:00AM
Puebla	10:20AM
Tampico	12:00PM

Horario de Autobuses

_____ 1. El museo _____.

    a. abre a las nueve y cuarto

    b. cierra a las seis menos cuarto

    c. está cerrado los martes

_____ 2. El banco _____.

    a. está abierto todos los días, de lunes a sábado

    b. abre a las nueve de la noche

    c. cierra a la una y media

_____ 3. El café _____.

    a. está cerrado los domingos

    b. abre a las ocho de la mañana

    c. cierra a la medianoche

_____ 4. El autobús para Puebla _____.

    a. sale a las diez y veinte de la mañana

    b. llega a las diez y veinte de la mañana

    c. llega al mediodía

CA2-3 Las fechas. Durante tu viaje a México, aprendiste *(you learned)* sobre los siguientes días festivos. Cambia *(Change)* las fechas de números a palabras. **(Vocabulario temático, pág. 59)**

MODELO   La Fiesta Patria de la Independencia: 16/9

           el dieciséis de septiembre

1. El Día de la Constitución: 2/5

_____

2. El Día de la Bandera *(Flag)*: 24/2

_____

3. El cumpleaños de Benito Juárez: 21/3

_____

4. El Día del Trabajador: 1/5

_____

5. El Día de la Raza: 12/10

_____

6. El Día de los Muertos *(Dead)*: 2/11

_____

7. El Día de la Revolución: 20/11

_____

8. El Día de Nuestra Señora de Guadalupe: 12/12

_____

CA2-4 En una agencia de viajes. Completa las siguientes conversaciones con las palabras más lógicas de la lista. (**Vocabulario temático, pág. 62**)

1. **avión   gustaría   prefiere   recomienda   servirle   viaje**

   AGENTE: Buenas tardes, señor. ¿En qué puedo _____?

   CLIENTE: Me _____ hacer un _____ a Tulum.

   AGENTE: ¿Como _____ viajar?

   CLIENTE: Prefiero viajar por _____.

2. **boleto   cuesta   efectivo   pagar   quisiera   tarjeta**

   CLIENTE: ¿Cuánto es el _____?

   AGENTE: El de ida y vuelta _____ seiscientos pesos.

   CLIENTE: Bueno, _____ comprar uno, por favor.

   AGENTE: ¿Cómo quiere _____?

   CLIENTE: Con _____ de crédito.

3. **día   hotel   pagar   próximo   recomienda   volver**

   AGENTE: ¿Qué _____ piensa salir?

   CLIENTE: Pienso salir este viernes y _____ el _____ martes.

   AGENTE: ¿Necesita un _____?

   CLIENTE: Sí, ¿qué me _____?

   AGENTE: El Gran Maya es muy bueno.

CA2-5 De viaje con la Agencia Turi-mundo. Concha Vigo le escribe un correo electrónico a su agente de viajes, Miguel Acosta. Ella quiere organizar su próximo viaje a México. Usa el dibujo como punto de partida (*as a point of departure*) y completa el mensaje (*message*) de Concha en la página 24. (**Vocabulario temático, pág. 62**)

De: conchavigo@madridnet.com
Fecha: 15/4/10 9:05

Tema: Arreglos para mi viaje
A: acosta@turimundo.com

Estimado Sr. Acosta:

Pienso hacer un viaje a México, D.F. próximamente. ¿Puede ayudarme *(help me)* con las reservaciones?

Primero, necesito un vuelo (**1**) _____.

Pienso salir (**2**) _____

y quiero volver (**3**) _____.

¿A qué hora (**4**) _____?

¿A qué hora (**5**) _____?

¿Cuánto (**6**) _____?

¿Puedo pagar (**7**) _____?

Atentamente,
Concha Vigo

CA2-6 ¿Qué quiere decir? Imagina que escuchas las siguientes oraciones en una agencia de viajes en México. ¿Qué quiere decir la frase subrayada *(underlined)*? Escoge la respuesta correcta. (**Estructuras esenciales, pág. 63**)

_____ 1. <u>Nos gustaría</u> hacer una excursión a San Miguel de Allende.

    a. *We need to*   **b.** *We would like to*   **c.** *We hope to*

_____ 2. <u>Tengo que</u> regresar el cinco de mayo.

    a. *I have to*   **b.** *I want to*   **c.** *I plan to*

_____ 3. <u>Prefiero</u> salir por la mañana.

    a. *I'm going to*   **b.** *I should*   **c.** *I prefer to*

_____ 4. ¿<u>Piensan</u> comprar un boleto de ida y vuelta?

    a. *Do you prefer to*   **b.** *Do you need to*   **c.** *Do you plan on*

_____ 5. <u>Vamos a</u> pagar con un cheque de viajero.

    a. *We hope to*   **b.** *We're going to*   **c.** *We would like to*

_____ 6. <u>Espero</u> visitar el museo de arte.

    a. *I have to*   **b.** *I hope to*   **c.** *I plan to*

_____ 7. ¿<u>Debo</u> confirmar la reservación del hotel?

    a. *Am I going to*   **b.** *Should I*   **c.** *Do I want to*

_____ 8. <u>Quiero</u> viajar en autobús.

    a. *I want to*   **b.** *I need to*   **c.** *I prefer to*

CA2-7 En la agencia de viajes. Carmen está en una agencia de viajes y habla con el agente sobre sus vacaciones. Escribe los verbos del diálogo en el tiempo presente del indicativo. **(Gramática, págs. 66–67)**

AGENTE: ¿En qué **(1)** _____ (yo / poder) servirle?

CARMEN: Mi hermana y yo **(2)** _____ (pensar) hacer un viaje a Miami.

¿**(3)** _____ (Poder) Ud. ayudarme con los arreglos (*arrangements*)?

AGENTE: Claro. ¿Qué día **(4)** _____ (querer) Uds. salir?

CARMEN: **(5)** _____ (Nosotras / Querer) salir el 25 de mayo y volver el 5 de junio.

AGENTE: Muy bien. ¿**(6)** _____ (Preferir) Uds. boletos en primera clase o en clase turista?

CARMEN: **(7)** _____ (Nosotras / Preferir) viajar en clase turista. A propósito (*By the way*),

¿**(8)** _____ (ellos / servir) comidas (*meals*) en el vuelo?

AGENTE: No, porque el vuelo es corto (*short*). Bueno, tengo reservados para Uds. dos boletos de ida y vuelta en el vuelo 215.

CARMEN: ¿Qué hotel nos **(9)** _____ (recomendar)?

AGENTE: El Hyatt Regency es fabuloso. Es elegante y muy céntrico.

CARMEN: Muy bien. ¿**(10)** _____ (Nosotras / Poder) pagar con tarjeta de crédito?

AGENTE: ¡Cómo no! Los boletos **(11)** _____ (costar) $575 cada uno.

CARMEN: De acuerdo. Ah, tengo una pregunta más. Mi hermana **(12)** _____ (querer)

llevar su perro en el avión. ¿Se permite llevar animales domésticos (*pets*)?

AGENTE: Sí, **(13)** _____ (yo / pensar) que ella **(14)** _____ (poder) llevar su perro. Un momento, y busco (*I'll look up*) la tarifa.

CA2-8 Un viaje a México. Completa la carta (en la página 27) a tu amiga Dalia. Cuéntale *(tell her)* los planes para tu viaje a México. Usa la información en el anuncio para los detalles *(details)*. Incluye expresiones como **voy a, pienso, quiero,** etc. También, pregúntale a Dalia acerca de *(ask Dalia about)* sus planes para las vacaciones. (Gramática, págs. 66–67)

Excursión a México
¡Todo por el increíble precio de $2500!

Ciudad de México:
cinco días, cuatro noches

- Durante el día, visite el Palacio Nacional con murales de Diego Rivera, el Museo de Antropología e Historia, el Palacio de Bellas Artes y los centros comerciales en la Zona Rosa, Insurgentes Sur y el nuevo Centro Santa Fe.

- Por la noche, disfrute de sus excelentes restaurantes, bares y discotecas.

Puerto Vallarta:
cinco días y cuatro noches

- Practique todos los deportes acuáticos, también el montañismo y el ecoturismo.

- Hoteles de primera clase, con piscina

- Habitaciones sencillas o dobles, con baño privado

- Vuelo directo de ida y vuelta

San Lorenzo Turismo: Llame hoy al 21-83-98.

_____
(la fecha)

Querida Dalia:

Te escribo con buenas noticias (*good news*). ¡Voy a ir a México de vacaciones el próximo

mes! Es un viaje de diez días y la excursión incluye muchas actividades.

Primero, voy a pasar cinco días en la capital. _____

_____

_____

_____

_____

Después (*Afterwards*), voy a pasar cinco días en Puerto Vallarta.

_____

_____

_____

_____

_____

¿Y tú, Dalia? ¿Cómo piensas pasar las vacaciones? ¿ _____ ?

¿ _____ ?

Bueno, tengo que estudiar ahora. ¡Hasta pronto!

Con un fuerte abrazo de

_____
(tu nombre)

Paso 2

CA2-9 En el hotel. Completa las tres conversaciones entre los turistas y el recepcionista con las palabras más lógicas de la lista. (**Vocabulario temático, pág. 70**)

1. camas   cuántas   habitación   quinto   puedo   tardes

RECEPCIONISTA: Buenas _____. ¿En qué _____ servirle?

TURISTA: Quisiera una _____ para esta noche.

RECEPCIONISTA: ¿Para _____ personas?

TURISTA: Para dos. Quiero una habitación con dos _____.

2. cuarto   desocupar   días   llave   reservación   sencilla   tercer

TURISTA: Buenos _____. Me llamo Ramón Rodríguez. Tengo una _____ para hoy.

RECEPCIONISTA: Ah, Sr. Rodríguez. Una habitación _____, ¿verdad?

TURISTA: Sí. ¿A qué hora tengo que _____ el cuarto?

RECEPCIONISTA: Al mediodía. Aquí tiene su _____. Su habitación está en el _____ piso.

3. cerca   conoce   descuento   gimnasio   piscina   segundo

TURISTA: Perdone, quisiera nadar un poco. ¿En qué piso está la _____?

RECEPCIONISTA: Está en el _____ piso. También tenemos un _____ en el primer piso, si Ud. quiere hacer ejercicio.

TURISTA: Gracias. Eh… ¿_____ Ud. un buen restaurante típico?

RECEPCIONISTA: Sí, hay varios _____ del hotel.

CA2-10 El viaje a Puerto Vallarta. Viviana está de vacaciones en Puerto Vallarta. Completa las oraciones sobre su viaje cambiando los números entre paréntesis a palabras. (**Vocabulario temático, pág. 71**)

1. Este es el _____ (2°) viaje que Viviana hace a Puerto Vallarta.

2. Su habitación está en el _____ (5°) piso del hotel Marsol.

3. Viviana piensa hacer esquí acuático en el _____ (3°) día.

4. Hoy, ella quiere ir de compras. Sale del hotel y toma el _____ (4°) taxi que pasa.

5. Esta noche Viviana va a La Palapa, el _____ (1°) restaurante en la playa de Puerto Vallarta.

CA2-11 Números interesantes de México. Lee la siguiente información sobre México. Escoge la respuesta que corresponde al número subrayado *(underlined)*. **(Vocabulario temático, pág. 73)**

_____ 1. Aproximadamente <u>veintiún millones</u> de turistas llegan a México cada año.

    a. 21 000 000   **b.** 210 000   **c.** 21 000

_____ 2. En la Ciudad de México circulan aproximadamente <u>ochenta mil</u> taxis.

    a. 8000   **b.** 80 000   **c.** 80 000 000

_____ 3. Chichén Itzá fue fundada en el año <u>quinientos veinticinco</u> d.C. (después de Cristo).

    a. 1025   **b.** 525   **c.** 125

_____ 4. Teotihuacan, en su época de esplendor, tenía *(had)* <u>ciento cincuenta mil</u> habitantes.

    a. 100 050   **b.** 150 000   **c.** 150 000 000

_____ 5. La Universidad Nacional Autónoma de México tiene unos <u>trescientos mil</u> estudiantes.

    a. 13 000   **b.** 30 000   **c.** 300 000

_____ 6. El Zócalo de la Ciudad de México tiene una superficie de <u>cuarenta y seis mil ochocientos</u> metros cuadrados *(square meters)*.

    a. 40 600 800   **b.** 468 000   **c.** 46 800

CA2-12 Los hoteles en México, D.F. En esta tabla puedes ver los precios de algunos hoteles en la capital de México. Consulta la tabla y completa las oraciones de una manera lógica. Escribe los números en palabras. (Por ejemplo: 1000 = mil). **(Vocabulario temático, pág. 73)**

Hotel	Categoría	Tipo de Habitación	Habitación Doble (pesos mxn)	Persona Extra por Noche
Mariott Reforma	5 estrellas	Ejecutiva	$3485	$963
The Green Park	Boutique	Suite	$1791	$540
Via Veneto	4 estrellas	Estándar	$800	$205
Roble	2 estrellas	Estándar	$395	$100

1. El hotel más caro *(expensive)* es el _____. Una noche allí cuesta _____

pesos por dos personas. Por una persona adicional cuesta _____ pesos.

2. El hotel más económico es el _____. Una habitación doble en este hotel cuesta

_____ pesos por noche. Hay que pagar _____ pesos por una persona

adicional.

3. El hotel "boutique" se llama _____. Una suite cuesta _____ pesos por noche

y _____ pesos por una persona extra.

4. El _____ es un hotel de cuatro estrellas. Una habitación doble cuesta _____

pesos. Necesitas pagar _____ pesos por cada persona extra.

CA2-13 Luis y Miguel. Luis habla con su amigo Miguel para finalizar los planes de su visita. Completa su conversación con la forma correcta de los verbos entre paréntesis. Escribe los verbos en el tiempo presente. **(Gramática, págs. 76–77)**

MIGUEL: ¿Cuándo **(1)** _____ (venir) tú y Linda a visitarnos *(to visit us)*?

LUIS: Esta noche **(2)** _____ (yo / poner) todo en el auto y **(3)** _____ (nosotros / salir) mañana por la mañana. Si *(If)* **(4)** _____ (yo / conducir) por diez horas cada día, llegamos en dos días.

MIGUEL: Perfecto. Uds. **(5)** _____ (traer) a la mamá de Linda, ¿verdad? Hace mucho *(It's been a long time)* que no la **(6)** _____ (nosotros / ver).

LUIS: Sí, ella **(7)** _____ (venir) también.

MIGUEL: ¡Qué bien! **(8)** _____ (Yo / tener) una idea. ¿Por qué no **(9)** _____ (hacer / nosotros) una pequeña excursión a San Miguel de Allende la próxima semana?

LUIS: Yo no **(10)** _____ (conocer) la ciudad pero todos **(11)** _____ (decir) que es la meca de los artistas.

MIGUEL: Sí, es una ciudad encantadora. Yo **(12)** _____ (saber) que les va a gustar.

LUIS: ¡No **(13)** _____ (yo / ver) la hora!

CA2-14 Los viajes. Contesta las preguntas sobre los viajes y las vacaciones en oraciones completas. **(Gramática, págs. 76–77)**

1. ¿En qué mes prefieres ir de vacaciones?

_____

2. En un año típico, ¿cuántos viajes haces?

_____

3. ¿Siempre *(Always)* vas en avión o conduces tu coche a veces *(sometimes)*?

_____

4. Cuando haces un viaje largo *(long)* por avión, ¿ves la película o prefieres escuchar música?

_____

5. Normalmente, ¿haces las maletas *(pack)* la noche antes de tu viaje o con varios días de anticipación *(several days in advance)*?

_____

6. Cuando estás en una ciudad desconocida *(unfamiliar city)*, ¿sales solo(a) *(alone)*?

_____

7. Por lo general, ¿les das recuerdos *(souvenirs)* de tus viajes a tus amigos?

_____

8. ¿Qué países conoces? ¿Sabes hablar la lengua *(language)* de esos países?

_____

Un paso más

Panorama cultural

CA2-15 ¿Qué recuerdas? Lee la sección **Panorama cultural** en tu libro de texto. Después, completa la tabla con información sobre México. **(Panorama cultural, págs. 82–83)**

1. La capital de México	
2. El dinero de México	
3. Un producto importante a la economía	
4. Un grupo indígena con una civilización avanzada	
5. Un evento histórico importante para las relaciones entre los Estados Unidos y México	
6. Una persona muy interesante, en mi opinión	

CA2-16 Imágenes de México. Antes de mirar el vídeo sobre México, repasa el vocabulario de aquí. Completa las oraciones con las palabras más lógicas de la lista.

antiguos *old*　　　　　**edificios** *buildings*

avenida *avenue*　　　　**se entremezclan** *intermingle*

conocido *known*　　　　**mundo** *world*

construyeron *built*　　**museo** *museum*

1. Los aztecas _____ pirámides.

2. El Districto Federal es una de las ciudades más grandes del _____.

3. El Paseo de la Reforma es una _____ importante.

4. El Monumento a la Independencia es también _____ como el Ángel.

5. Puedes ver un calendario azteca en el _____ de Antropología.

6. Estos artefactos precolombinos son muy _____.

7. En la capital de México hay _____ coloniales y modernos.

8. En esta fascinante ciudad, el pasado y el presente _____.

¡Vamos a leer!

Lectura A: San Miguel de Allende

The following reading is taken from the tourism website for the state of Guanajuato, Mexico. Here you will learn about San Miguel de Allende, a city known as a haven for artists. You will also practice scanning for detail.

San Miguel de Allende

El nombre de San Miguel de Allende está formado por los nombres de Fray Juan de San Miguel, fundador de la población, y de Ignacio Allende, caudillo de nuestra Independencia nacional.

La ciudad completa es un bazar, en las casas se exhíben artesanías, muebles y accesorios, así como obras de renombrados artistas nacionales e internacionales. Aquí los visitantes encuentran institutos para aprender idiomas, pintura, escultura, textiles o cerámica. Entre las tiendas y galerías aparecen restaurantes y bares confortables con un servicio de calidad extraordinaria.

Días festivos

Natalicio del General Ignacio Allende y Unzaga (21 de enero)
Celebración con actos cívicos y un desfile militar en honor al Insurgente Ignacio Allende.

Semana Santa (marzo o abril)
Comienza con el concurso de altares a la Virgen de los Dolores y culmina con el Viernes Santo en una solemne procesión del Santo Entierro.

Fiesta de San Antonio de Padua (13 de junio)
Tradicional y popular desfile de "Los Locos" donde la gente participa disfrazada y con máscaras por las principales calles de la ciudad. Desfile con carros alegóricos, bandas musicales y mucha alegría.

Festival de Música de Cámara (agosto)
Evento cultural que se realiza en el Teatro Ángela Peralta bajo los auspicios del INBA.

Sanmiguelada (tercer sábado de septiembre)
Encierro de toros estilo Pamplona. Se lleva a cabo en el Jardín Principal.

Fiesta de San Miguel Arcángel (29 de septiembre)
Celebración del Santo Patrono de la ciudad. Se llevan a cabo eventos sociales, artísticos, deportivos, culturales además de sus famosas corridas de toros.

Festival Internacional de Jazz (última semana de noviembre)
Semana dedicada a presentaciones de bandas y solistas nacionales e internacionales en este género musical.

Fiesta de Navidad (segunda quincena de diciembre)
Comienza el día 16 con las tradicionales posadas públicas. Se realizan pastorelas, música, cánticos, carros alegóricos, entre otros festejos populares.

CA2-17 Estrategia: Buscar detalles importantes. Oftentimes, it is not necessary to read an entire article, word for word, in order to get what you want from it. For example, as a tourist, you may only be interested in finding out when or where a certain event is taking place. In cases like this, it is useful to **scan** for particular details. Read about scanning and then use that strategy to find the answers to the questions below.

Estrategia: Scanning for detail

Scanning is a reading strategy that involves rapid but focused reading in order to find specific information. Rather than reading entire sentences, you search for key words. Use this strategy when you are looking for an answer to a specific question. Follow these simple steps:

- Note how the information is arranged.
- Move your eyes quickly over the material or use your finger to move down the reading.
- Ignore blocks of text that are not relevant to the question.

_____ 1. ¿Quién es Juan de San Miguel?

     a. fundador de la población   **b.** renombrado artista internacional

_____ 2. ¿Qué tipo de arte se puede ver en San Miguel de Allende?

     a. teatro, danza y ópera   **b.** pintura, escultura, textiles y cerámica

_____ 3. ¿Dónde se realiza el Festival de Música de Cámara?

     a. Jardín Principal   **b.** Teatro Ángela Peralta

_____ 4. ¿Cuándo comienza (starts) la Fiesta de Navidad?

     a. el 16 de diciembre   **b.** el 24 de diciembre

_____ 5. A Eleanor le gustan las corridas de toros (bullfights). ¿Cuándo debe visitar San Miguel de Allende?

     a. el 13 de junio   **b.** el 29 de septiembre

_____ 6. ¿En qué fiesta participan gente disfrazada (in costume)?

     a. Fiesta de San Antonio de Padua   **b.** Fiesta de San Miguel Arcángel

Lectura B: "Sala de espera" por Enrique Anderson Imbert

This very brief short story was written by the Argentinean author and former Harvard professor Enrique Anderson Imbert. In this tale, known as a **micro-cuento,** the villainous protagonist tries to make his big escape by train and discovers, in a most unusual way, that he will not get away with his crime.

CA2-18 "Sala de espera". As you read, write brief responses in English to the reading guide questions after each section. Notice the drawings in the margin.

Sala de espera

Costa y Wright roban una casa. Costa asesina a Wright y se queda con° la valija° llena de joyas° y dinero. Va a la estación para escaparse en el primer tren.

    keeps, takes
    suitcase / jewels

What are the names of the two thieves? What did Costa do to his partner after the robbery? Where did he go next with the loot?

_____

_____

En la sala de espera° una señora se le sienta° a la izquierda y le da conversación. Fastidiado, Costa finge° con un bostezo que tiene sueño° y que se dispone a dormir, pero oye° que la señora, como si no se hubiera dado cuenta,° sigue conversando.

    waiting room / sits down
    pretends / he's sleepy
    hears / as if she hadn't
    realized

Who sits down next to Costa in the waiting room? Why does he pretend to be asleep? How does the women react to his ruse?

_____

_____

Abre entonces los ojos° y ve, sentado, a la derecha, el fantasma° de Wright. La señora atraviesa a Costa de lado a lado con su mirada° y dirige su charla° al fantasma, quien contesta con gestos de simpatía.

eyes / ghost
looks through / directs her chatter

When Costa gives up pretending to sleep and opens his eyes, whom does he see? With whom is he talking?

_____

_____

Cuando llega el tren Costa quiere levantarse,° pero no puede. Está paralizado, mudo°; y observa atónito° cómo el fantasma agarra° tranquilamente la valija y se aleja° con la señora hacia el andén, ahora hablando y riéndose. Suben y el tren parte. Costa los sigue con la vista.

to get up
mute / astonished / grabs hold of
goes off

When Costa tries to get up to go to the train, what does he discover? What do the woman and the ghost do?

_____

_____

Viene un peón° y se pone a limpiar° la sala de espera, que ha quedado completamente desierta. Pasa la aspiradora° por el asiento donde está Costa, invisible.

janitor / begins to clean
vacuum cleaner

As Costa remains seated in the waiting room, who comes by? What is his job? What does he do to Costa?

_____

_____

CA2-19 Un resumen. Here is a brief summary of the main events of the story "Sala de espera." Number the statements in the order that the events occur. The summary is divided into two parts.

Primera parte: Number these sentences from 1 to 6 to form a summary of the first half of the story.

_____ **a.** La señora continúa hablando.

_____ **b.** Costa y Wright roban una casa.

_____ **c.** Costa finge que tiene sueño.

_____ **d.** Costa va a la estación del tren con el dinero.

_____ **e.** Una señora en la sala de espera habla con Costa.

_____ **f.** Costa asesina a Wright.

Segunda parte: Number these sentences from 1 to 6 to form a summary of the second half of the story.

_____ **a.** Costa descubre que la señora habla con el fantasma de Wright.

_____ **b.** Un empleado empieza a limpiar la sala.

_____ **c.** Costa se da cuenta de que *(realizes that)* no puede moverse ni puede hablar.

_____ **d.** El empleado pasa la aspiradora sobre *(over)* Costa porque es invisible.

_____ **e.** El tren llega.

_____ **f.** Costa observa que la señora y el fantasma de Wright se van *(take off)* con el dinero.

¡Vamos a escribir!

CA2-20 Estrategia: Las claves de la correspondencia social. Social correspondence includes letters, postcards, and e-mails. When composing this type of writing in Spanish, you must carefully consider the recipient to choose the appropriate phrases that are commonly used in letter writing. Read the following guidelines and complete the activities.

Estrategia: Keys to composing social correspondence

Clave 1: La audiencia. Before writing a letter, consider the level of formality of your correspondence. Decide whether it is more appropriate to address the person you are writing with **usted** or **tú**. Then, choose an appropriate salutation (**saludo**) and closing (**despedida**).

Note that **estimado** and **atentamente** are generally reserved for business and more formal social correspondence. The remaining salutations and closings are used with friends and family. In all cases, the salutation is followed by a colon, not a comma.

SALUDOS

Formas masculinas:	**Formas femeninas:**	
Estimado Sr. Rosas	Estimada Srta.	más formal
Apreciado tío	Apreciada tía	↑
Querido papá	Querida mamá	↕
Queridísimo Carlos	Queridísima Isabel	↓
Hola, Juan	Hola, Amanda	más familiar

DESPEDIDAS

Atentamente	*Sincerely*	más formal
Un cordial saludo	*With best regards*	↑
Un abrazo muy fuerte de tu amigo(a)	*A big hug from your friend*	↓
Con mucho cariño	*Affectionately/Love*	más familiar

Clave 2: Las tres partes. The main section of your message should have a sense of beginning, middle, and end.

- **Salutación:** The beginning of the message generally includes greetings and a reference to previous correspondence. In more formal letters, the introductory paragraph states the purpose for writing.

- **Cuerpo:** The body of the message contains the major points of information or news. Depending on length, this may be organized into one or more paragraphs.

- **Conclusión:** The end of the message usually includes a reason for concluding and a request for a response.

Clave 3: Frases hechas. These "set phrases" are commonly used in social correspondence. Notice the formal (**Ud.**) and familiar (**tú**) variations in both verb forms and pronouns.

¡Saludos de México!	*Greetings from Mexico!*
Acabo de recibir...	*I have just received . . .*
He recibido su/tu carta.	*I have received your letter.*
Quiero contarle/contarte acerca de...	*I want to tell you about . . .*
¡Qué bueno si estuviera/estuvieras aquí!	*I wish you (formal/informal) were here!*
Tengo que contarle/contarte muchas cosas.	*I have a lot of things to tell you (formal/informal).*
¡Estoy ilusionado(a) por verlo(la)/verte otra vez!	*I'm looking forward to seeing you (masc. form/fem. form./inf.) again!*
¡Escriba/Escribe pronto!	*Write (formal/informal) soon!*
Cuídese/Cuídate.	*Take care of yourself. (formal/informal).*
Lo/La/Te extraño mucho.	*I miss you (masc. form./fem. form./inf.) a lot.*

1. **Identificar la audiencia.** For each of the following kinds of correspondence, choose the more appropriate salutation and closing by checking the appropriate box.

Tipo de correspondencia	Saludo	Despedida
a. A letter requesting information from the Director of a Study Abroad Program	[ ] Estimado señor Vargas [ ] Querido señor Vargas	[ ] Con mucho cariño [ ] Atentamente
b. A thank-you note to your host-family "sister"	[ ] Querida Liliana [ ] Estimada Liliana	[ ] Atentamente [ ] Un abrazo muy fuerte

2. **Las tres partes de la correspondencia social.** Read the following fragments from different kinds of correspondence. Decide whether each is most likely an excerpt from the beginning, middle, or end of the message. Check the appropriate box in the table.

Mensaje	Salutación	Cuerpo	Conclusión
a. Hola, mi amigo. Acabo de recibir tu mensaje con las noticias de tu visita. Estoy muy ilusionado por verte el próximo mes.			
b. Bueno, ahora tengo que estudiar. Por favor escribe pronto. ¡Te extraño mucho!			
c. Vamos a divertirnos mucho durante tu visita. El sábado hay un partido de fútbol americano. El domingo, vamos a un concierto. Y el lunes, ¡salimos para la playa!			

CA2-21 Las próximas vacaciones. What are your plans for your next vacation or break? Write an e-mail to your Spanish-speaking friend and tell him/her all about your next trip. Follow these guidelines:

- Include appropriate expressions for social correspondence found in the **Estrategia** box.

- Be sure your correspondence has a sense of beginning, middle, and end.

- Include details about where and when you are going, how you will get there, where you will stay, what you will do.

- Ask two or three related questions.

_____

_____

_____

_____

_____

_____

_____

_____

_____

_____

Phrases: asking and giving the time; expressing a wish or desire; greeting; planning a vacation; sequencing events; stating a preference; talking about the present

Vocabulary: city; countries; geography; means of transportation; numbers; time: calendar; time: days of the week; time: months; traveling

Grammar: Next; verbs: future with **ir**; verbs: present

Todo oídos

La emisora de radio WSEC 104.5 les presenta…

CA2-22 "Sitios de interés". Escucha el breve segmento informativo sobre diferentes sitios turísticos que hay en el mundo hispano. Luego, contesta las preguntas.

TRACK 7

1. La información que se presenta en "Sitios de interés" les va a interesar a las personas a quienes les gustan _____.
   a. las montañas
   b. las playas
   c. las ciudades grandes

2. Cancún está situado cerca del _____.
   a. océano Atlántico
   b. océano Pacífico
   c. mar Caribe

3. Durante el día, los turistas pueden _____.
   a. visitar ruinas mayas
   b. ir al zoológico
   c. tomar el metro

4. La vida nocturna de Cancún incluye _____.
   a. películas
   b. dramas
   c. exhibiciones

5. Es posible visitar el Museo de Antropología _____.
   a. todos los días entre las 10:00 de la mañana y las 5:00 de la tarde
   b. de martes a sábado entre las 10:00 de la mañana y las 5:00 de la tarde
   c. de lunes a sábado entre las 10:00 de la mañana y las 6:00 de la tarde

6. Si quieres más información sobre Cancún, debes _____.
   a. comunicarte con la embajada de México
   b. comunicarte con la Oficina de Turismo de México
   c. llamar tu aerolínea favorita

La pronunciación

🔊 **CA2-23 La división de sílabas.** The Spanish language has several rules for dividing words into syllables. Learning
TRACK 8 how to do this properly will help your pronunciation. Listen to the following rules on the division of words into
syllables in Spanish, repeat each word after you hear it, and then complete the exercise.

1. Syllables usually end in a vowel.
   ca-sa   Pa-co   pe-lo

2. A consonant between vowels begins a new syllable.
   to-ma   ni-ño   fa-mo-so

3. Two consonants are separated so that the first one ends a syllable and the second one begins the next. Don't
   forget that the consonants **ch, ll,** and **rr** are considered a single consonant in Spanish and cannot be separated.
   However, double consonants like **cc** will be separated.
   gran-de   pe-rro   mu-cho   ca-lle   sec-ción

4. An exception to rule three is that the consonants **l** and **r** are never separated from the preceding consonant,
   unless the preceding sound is the consonant **s.**
   ha-blar   ma-dre   is-la

5. In groups of three consonants, generally only the last goes with the following vowel. However, if the
   consonants include an **l** or an **r,** the last two consonants stay with the vowel that follows.
   ins-ti-tu-ción   trans-fe-rir   des-crip-ción

6. Any combination of two vowels involving **u** or **i** and pronounced together form one syllable, a diphthong. It
   may be broken by a written accent that creates two separate syllables.
   Ma-rio   vein-te   Ma-rí-a

Ejercicio. Divide the following words into syllables.

1. droga   _____
2. diez   _____
3. restaurante   _____
4. dirección   _____
5. día   _____
6. carro   _____
7. triste   _____
8. ciudad   _____
9. composición   _____
10. nervioso   _____

CA2-24 Énfasis. A syllable that is stressed is spoken more loudly and with more force than others. To determine
TRACK 9 where to place the spoken stress or written accent mark, follow these rules.

1. Words that end in a consonant other than **n** or **s** are stressed on the last syllable. Now, repeat each word.
   profesor   universidad   papel

2. Words that end in a vowel, **n,** or **s** have the stress on the next-to-the-last syllable. Repeat each word.
   clase   hola   apartamento

3. Words that do not fall under the categories mentioned above must have a written accent mark on the stressed
   syllable. Repeat each word.
   lección   fácil   televisión   café

4. Written accent marks are also used to distinguish two words that have identical spelling and pronunciation but
   different meanings.

   él *he/him*   **tú** *you*   **sí** *yes*   **¿qué?** *what*
   el *the*   **tu** *your*   **si** *if*   **que** *that, which*

5. Note that all question words have written accents.
   ¿Cómo? *How?*   **¿Dónde?** *Where?*   **¿Quién?** *Who?*

Ejercicio. Before you listen to the following words, stop the recording and see if you can predict where the stress
should fall by underlining the appropriate syllable. Then listen to the words to determine whether the stress falls
on the predicted syllable. Write an accent mark if needed.

MODELO   You hear: America
              You write: *América* (with an accent mark over the **e**)

Now listen to the words.

1. usted
2. julio
3. instruccion
4. examen
5. sabado
6. comprendo
7. hospital
8. capital
9. lapiz
10. placer
11. repitan
12. Peru

Entre familia

CAPÍTULO 3

Paso 1

CA3-1 Los familiares. Lee las definiciones de los familiares *(members of a family)* y escribe la palabra más lógica. (**Vocabulario temático, págs. 88–89**)

MODELO   El padre de mi madre es mi *abuelo*.

1. La madre de mi padre es mi _____.

2. El hermano de mi mamá es mi _____.

3. Los hijos de mis tíos son mis _____.

4. La hermana de mi papá es mi _____.

5. Los hijos de mi hija son mis _____.

6. Los hijos de mi hermano son mis _____.

7. Mi padre se divorció y se casó de nuevo *(got remarried)*. Su nueva esposa es mi _____.

8. El nuevo bebé de mi mamá y mi padrastro es mi _____.

CA3-2 Los animales domésticos. Relaciona los nombres de los animales con los ejemplos de sus razas o especies. (**Vocabulario temático, pág. 89**)

_____ 1. los perros   **a.** los canarios, los periquitos, las cacatúas

_____ 2. los gatos   **b.** el san bernardo, el bóxer, el pastor alemán

_____ 3. los pájaros   **c.** el tetra, el ángel, el guppy, el molly negro

_____ 4. los peces   **d.** el siamés, el americano de pelo corto, el persa

_____ 5. los hámsters   **e.** el dorado, el panda, el ruso

CA3-3 El árbol genealógico. Lee la descripción de la familia de Marisa y completa las dos actividades. (**Vocabulario temático, págs. 88–89**)

Primera parte: Dibuja *(Draw)* un árbol genealógico de la familia de Marisa. Incluye los nombres de todas las personas y su parentesco *(relationship)* con Marisa.

> Me llamo Marisa Elizondo y soy de Caracas, Venezuela. Mis padres se llaman Lorenzo y Gloria. Somos tres hermanos en mi familia. Yo soy la menor y soy soltera. Mi hermano Claudio es el mayor y está casado. Su esposa se llama Clarisa y tienen dos hijos, Lilián y Rubén. Nuestra hermana Sonia también está casada. Mi cuñado se llama Laurentino. Sonia y Laurentino tienen un bebé precioso, Antonio.

La familia de Marisa

Segunda parte: Escribe una pequeña descripción de tu familia. Usa las preguntas como guía *(as a guide)*.

¿Cómo te llamas y de dónde eres?

¿Cómo se llaman tus padres?

¿Cuántos hermanos tienes? ¿Quién es el (la) mayor y quién es el (la) menor?

¿Están casados tus hermanos o son solteros?

¿Tienes sobrinos?

_____

_____

_____

_____

_____

_____

_____

CA3-4 ¿Cómo son? Lee las siguientes oraciones sobre los rasgos físicos de personas famosas. Indica si lo que dice es cierto *(true)* o falso *(false)*. (**Vocabulario temático, pág. 92**)

	Cierto	Falso
1. El jugador de básquetbol Kobe Bryant es alto.	_____	_____
2. La modelo Heidi Klum es bastante gorda.	_____	_____
3. Michelle Obama tiene el pelo rubio.	_____	_____
4. Tina Fey de *30 Rock* lleva anteojos.	_____	_____
5. Howie Mandell de *Deal or No Deal* es calvo.	_____	_____
6. El profesor Dumbledore de *Harry Potter* es joven.	_____	_____
7. Santa Claus tiene barba.	_____	_____
8. La actriz Cameron Díaz tiene los ojos color miel.	_____	_____

CA3-5 La personalidad. Cristián tiene muchos parientes que son opuestos *(opposites)* en su familia. Completa las descripciones de sus parientes con la forma apropiada de los adjetivos de la lista. (**Vocabulario temático, pág. 92; Estructuras esenciales, pág. 93**)

cariñoso	malo	perezoso	serio
maleducado	mentiroso	pesimista	tímido

MODELO   Mi abuelo es muy optimista, pero mi abuela es un poco *pesimista*.

1. Mi hermano Sebastián estudia mucho; es **trabajador.** Pero mi hermana Loreta estudia poco y es

   _____ .

2. Mi prima Angélica dice "por favor" y "gracias"; es **educada.** Pero mi primo David es todo lo contrario;

   es bastante _____ .

3. Mi padre es **sociable** y tiene muchos amigos. Pero mi madre es más solitaria y _____ .

4. Mi tía Elba es muy **divertida;** hablamos mucho de deportes, de cine, de libros, de muchas cosas. Pero mi tío

   Cándido solo *(only)* habla de su trabajo todo el tiempo. Es bastante _____ .

5. Mi prima Sara es una chica **honesta.** Pero su hermano Armando nunca dice la verdad. Es un niño

   _____ .

6. Mis primos Tomás y Roberto son chicos obedientes y **buenos.** Pero sus hermanas Carlita y Raquel son

   desobedientes y _____ .

7. Mis sobrinos Marcos y Rafa son **fríos** y nunca quieren abrazarme *(give me a hug)*. Pero mis sobrinas Rosita y

   Puri siempre me dan besos y abrazos; son chicas muy _____ .

CA3-6 Los mejores amigos. ¿Quién es tu mejor amigo(a)? Contesta las preguntas sobre él (ella) en oraciones completas. (**Vocabulario temático, pág. 92**)

1. ¿Cómo se llama tu mejor amigo(a)?

   _____

2. ¿Cuántos años tiene él (ella)?

   _____

3. ¿Cómo es él (ella), respecto a su aspecto físico?

   _____

4. ¿Cómo es su personalidad?

   _____

5. ¿Cómo te gusta pasar el tiempo con tu mejor amigo(a)?

   _____

CA3-7 Comparando países. Lee la información sobre Venezuela y España. Después, completa las oraciones con las comparaciones de los dos países de una manera lógica. **(Gramática, págs. 96–97)**

Venezuela

Área (km²): 912 050
Capital: Caracas (fundada [*founded*] en 1567)
Población (habitantes): 26 815 000
Número de hijos por familia: 2.5
Religión: católicos, 96%; protestantes, 2%; otros, 2%
Alfabetismo: 93%
Ingreso por habitante (US$): $13 500

España

Área (km²): 504 750
Capital: Madrid (fundada en el siglo X [*10ᵗʰ century*])
Población (habitantes): 40 525 000
Número de hijos por familia: 1.3
Religión: católicos, 94%; otros, 6%
Alfabetismo: 98%
Ingreso por habitante (US$): $34 600

1. Caracas es _____ Madrid.

    a. más antiguo *(old)* que
    b. menos antiguo que
    c. tan antiguo como

2. España tiene _____ Venezuela.

    a. tantos habitantes como
    b. menos habitantes que
    c. más habitantes que

3. Las familias en Venezuela son _____ las de España.

    a. más grandes que
    b. tan grandes como
    c. menos grandes que

4. Hay _____ analfabetos (*illiterate people*) en Venezuela _____ en España.

    a. tantos... como
    b. menos... que
    c. más... que

5. Los habitantes de España son _____ los de Venezuela.

    a. menos ricos que
    b. más ricos que
    c. tan ricos como

CA3-8 Sergio y Silvia. Lee las descripciones de Sergio y su hermana Silvia. Luego completa las comparaciones entre los dos hermanos con las palabras de la lista. **(Gramática, págs. 96–97)**

Sergio	Silvia
Tiene veinte años.	Tiene diecisiete años.
Es alto y delgado.	Es de estatura mediana y es delgada.
Le gusta jugar al fútbol, al béisbol, al tenis y al golf.	Le gusta practicar tenis y hablar con sus amigas.
Estudia dos o tres horas todos los días.	Estudia tres o cuatro horas todos los días.
Sale con sus amigos los viernes por la noche.	Sale con sus amigos todos los jueves, los viernes y los sábados.
Tiene dos perros.	Tiene dos gatos.

como	más	mayor	mejor	menor
que	tan	tantas	tanto	menos

1. Sergio es _____ que Silvia.

2. Sergio es _____ delgado _____ Silvia.

3. Sergio practica _____ deportes que Silvia.

4. Sergio es _____ estudioso que Silvia.

5. Sergio sale con amigos menos frecuentemente _____ Silvia.

6. Sergio tiene _____ mascotas como Silvia.

CA3-9 Mi familia es maravillosa. Guillermo piensa que su familia es lo máximo *(the greatest)*. Completa sus respuestas con frases superlativas. Incluye **el/la/los/las, más/menos** + adjetivo (o forma irregular) y **de/del**. Sigue el modelo. **(Gramática, págs. 96–97)**

MODELO —¿Es tu familia divertida?

—Sí, es *la más divertida del* barrio *(neighborhood)*.

—¿Es tu gato perezoso?

—No, es *el menos perezoso de* todos los gatos.

1. —¿Son tus padres comprensivos?

—Sí, son _____ mundo *(world)*.

2. —¿Es tu perro cariñoso?

—Sí, es _____ barrio *(neighborhood)*.

3. —¿Es tu hermana pesimista?

—No, es _____ su generación.

4. —¿Es el abuelo viejo?

—Sí, es _____ la familia.

5. —¿Es tu tío serio?

—No, es _____ la familia.

6. —¿Son tus hermanos buenos jugadores de tenis?

—Sí, son _____ equipo *(team)*.

Paso 2

CA3-10 ¡Qué casa! Marisela le escribe a su amiga un correo electrónico en el cual describe su nueva casa. Completa el párrafo con las palabras más lógicas de la lista. (**Vocabulario temático, págs. 101–102**)

alquilar	amueblada	descompuesto	pequeña
pisos	rota	sucia	viejos

Hola Ana:

Acabo de (1) _____ una casa. Está (2) _____

pero todos los muebles son (3) _____ . La alfombra está muy

(4) _____ ; no quiero estar descalza *(barefoot)*. ¡Puaj! No

puedo mirar televisión porque el televisor está (5) _____ .

Tampoco duermo bien porque la cama está (6) _____ .

El refrigerador está en el comedor porque la cocina es muy

(7) _____ . La casa tiene dos (8) _____ pero

tengo que compartir *(share)* la planta baja con los vecinos. ¡Es un desastre!

¡Tengo que mudarme de aquí!

—Marisela

CA3-11 Muebles que no pertenecen (belong). ¿Qué muebles hay en cada cuarto de la casa? Escoge la respuesta que NO es probable. (**Vocabulario temático, págs. 101–102**)

_____ 1. En el baño hay...

    a. una ducha.   **b.** una alfombra.   **c.** un lavabo.   **d.** una estufa.

_____ 2. En la sala de mi casa tenemos...

    a. un inodoro.   **b.** un televisor.   **c.** un cuadro.   **d.** una lámpara.

_____ 3. En la cocina está...

    a. la nevera.   **b.** el fregadero.   **c.** la cama.   **d.** el microondas.

_____ 4. En el dormitorio principal hay...

    a. una cómoda.   **b.** un lavaplatos.   **c.** un estante.   **d.** un televisor.

_____ 5. En el pasillo hay...

    a. una tina.   **b.** una alfombra.   **c.** un cuadro.   **d.** la escalera.

_____ 6. En nuestro comedor tenemos...

    a. una mesa.   **b.** tres cuadros.   **c.** seis sillas.   **d.** dos mesitas de noche.

CA3-12 Mi domicilio. Completa esta actividad sobre tu casa; si prefieres, usa otra casa que conoces *(that you are familiar with)*. (**Vocabulario temático, págs. 101–102**)

Primera parte: Dibuja *(Draw)* un plano simple de tu casa y escribe los nombres de las habitaciones en español.

El plano de una casa familiar

Segunda parte: Contesta las siguientes preguntas acerca de la casa.

1. ¿De quién es la casa de tu plano?

_____

2. ¿Es una casa grande, pequeña o de tamaño mediano?

_____

3. ¿Es nueva o vieja la casa?

_____

4. ¿Cuántos pisos tiene?

_____

5. ¿Cuántas habitaciones tiene la casa?

_____

6. ¿Cuál es tu cuarto favorito? ¿Qué hay en ese cuarto?

_____

7. ¿Qué cuarto tiene los muebles más elegantes?

_____

8. ¿Qué cuarto está desordenado con frecuencia?

_____

CA3-13 ¿Dónde pongo las cosas? Acabas de alquilar un apartamento amueblado. ¿Cómo es? Completa las descripciones de una manera lógica, de acuerdo con los dibujos *(according to the drawings)*. (**Vocabulario temático, pág. 105**)

En la cocina...

1. El refrigerador está (a la izquierda de / a la derecha de) la estufa.
2. La mesa está (delante de / detrás de) la estufa.
3. Hay dos sillas (al lado de / alrededor de) la mesa.

En el dormitorio...

4. La cama está en el centro de la habitación, (dentro de / entre) la cómoda y la mesita de noche.
5. La lámpara está (encima de / debajo de) la mesita.
6. Hay un bonito cuadro (en / entre) la pared.

En el baño...

7. El lavabo está (a la izquierda de / a la derecha de) la mesa.
8. El inodoro está (sobre / al lado de) la mesa.
9. Hay una alfombra (debajo del / encima del) lavabo.

CA3-14 La sala. El dibujo muestra *(shows)* los muebles que acabas de comprar para la sala de tu apartamento. Describe el cuarto, los muebles y la ubicación *(location, placement)* de los muebles. (**Vocabulario temático, pág. 105**)

_____

_____

_____

_____

_____

_____

_____

_____

_____

_____

_____

_____

CA3-15 Casa Natal del Libertador. Escoge el verbo correcto entre paréntesis para completar cada oración. Luego escoge la letra (a–f) que explica por qué es correcto usar ese verbo. Una letra se usa dos veces *(twice)*. (**Gramática, págs. 107–108**)

    a. Usa **ser** delante de *(before)* un sustantivo *(noun)*.

    b. Usa **ser** delante de un adjetivo para expresar una característica.

    c. Usa **ser** delante de la preposición **de** para expresar origen o posesión.

    d. Usa **ser** para indicar la hora y las fechas.

    e. Usa **estar** para indicar la ubicación *(location)* de una persona o una cosa.

    f. Usa **estar** delante de un adjetivo para expresar una condición física o un estado emocional.

_____ **1.** La Casa Natal del Libertador, la casa donde nació *(was born)* Simón Bolívar, (es / está)

                 _____ hoy un museo.

_____ **2.** El museo (es / está) _____ en Caracas, Venezuela.

_____ **3.** El estilo de la casa (es / está) _____ colonial.

_____ **4.** Muchas de las pinturas *(paintings)* de Tito Salas (son / están) _____ en la Sala Menor.

_____ **5.** En la Galería de las Batallas, hay un mueble con dos escudos *(coats of arms)*; los escudos (son / están) _____ de la familia Bolívar y la familia Lovera Otánez.

_____ **6.** Hoy (es / está) _____ lunes, entonces *(so)* el museo (es / está) _____ cerrado *(closed)*.

CA3-16 Una carta a abuelita. Irene está en Caracas para estudiar por un año. Le escribe esta carta a su abuela cubana. Complétala con la forma correcta de **ser** o **estar. ¡Ojo!** Necesitas usar un verbo en el **infinitivo;** los otros, en el **presente. (Gramática, págs. 107–108)**

Querida abuela:

¡Por fin (yo) **(1)** _____ en Venezuela! Decidí estudiar en un programa en Caracas, y me gusta mucho. Vivo con una familia muy simpática, los Pozo. Paco, el padre de la familia, **(2)** _____ médico; Wigberta, su esposa, **(3)** _____ profesora. Tienen tres hijos, pero dos de ellos **(4)** _____ casados y no viven aquí. María **(5)** _____ la más pequeña de la familia. (Ella) **(6)** _____ un poco tímida pero **(7)** _____ una chica muy cariñosa.

La casa de los Pozo **(8)** _____ en una zona muy bonita de Caracas; **(9)** _____ cerca de un enorme parque público. La casa **(10)** _____ grande, con cuatro dormitorios, una sala, un comedor, una cocina moderna y dos baños. ¡Los muebles de la sala **(11)** _____ muy elegantes! Creo que las lámparas **(12)** _____ de Venecia.

(Yo) **(13)** _____ un poco preocupada porque todos hablan muy rápido y no comprendo todo. Pero, al mismo tiempo, (yo) **(14)** _____ muy contenta porque sé que esto va a **(15)** _____ una experiencia maravillosa. Bueno, ahora **(16)** _____ las once y media de la noche y (yo) **(17)** _____ cansada. Me voy a la cama. Ya te escribiré más.

Con mucho cariño y un fuerte abrazo,

Irene

Paso 3

CA3-17 La rutina de Beto. Beto, un estudiante típico, describe su rutina diaria. Lee cada oración y decide si lo que dice es lógico o ilógico. Marca (√) la columna apropiada. **(Vocabulario temático, págs. 111–112)**

	lógico	ilógico
1. Me acuesto a las once de la mañana.	_____	_____
2. Normalmente paso el día en la universidad.	_____	_____
3. Para divertirnos, mis amigos y yo vamos al centro estudiantil.	_____	_____
4. Voy al gimnasio y luego me ducho.	_____	_____
5. Me acuesto y luego me visto.	_____	_____
6. Por lo general, ceno en casa a la una.	_____	_____
7. Normalmente me levanto a la medianoche.	_____	_____
8. Por la noche, estudio por tres horas.	_____	_____

CA3-18 La rutina de Javier. ¿Cómo es un día típico en la vida de Javier? Completa cada oración con el verbo reflexivo más lógico. **(Gramática, págs. 114–115)**

_____ 1. Todas las mañanas, Javier _____ a las seis y corre dos millas.

    a. se divierte   **b.** se despierta   **c.** se duerme

_____ 2. Después de correr, se ducha y _____.

    a. se viste   **b.** se maquilla   **c.** se levanta

_____ 3. Come el desayuno, _____ de su perro Nacho y sale de la casa.

    a. se arregla   **b.** se despide   **c.** se levanta

_____ 4. En su trabajo, Javier _____ todo el día frente a una computadora.

    a. se sienta   **b.** se quita   **c.** se despierta

_____ 5. Cuando regresa a casa, _____ las manos y prepara la cena.

    a. se mueve   **b.** se ducha   **c.** se lava

_____ 6. Por la noche, sale con su novia pero antes de (*before*) salir, _____.

    a. se duerme   **b.** se arregla   **c.** se acuesta

_____ 7. Javier _____ el bigote y se peina.

    a. se maquilla   **b.** se viste   **c.** se afeita

_____ 8. A la medianoche, antes de acostarse, _____ los lentes de contacto (*contact lens*).

    a. se quita   **b.** se duerme   **c.** se despide

CA3-19 Todo en un día. Javier y Matilde son estudiantes y también son padres de un hijo pequeño, Timoteo. Mira los dibujos y completa las oraciones con el verbo más apropiado. Escribe el verbo en el presente. **(Gramática, págs. 114–115)**

1. Generalmente, Javier y Matilde (despertarse / despertar) _____ a las cinco y

   media. Después, Javier (despertarse / despertar) _____ a su hijo.

2. Todas las mañanas, Matilde (ducharse / duchar) _____ y (vestirse / vestir)

   _____ rápidamente. Un poco más tarde, Matilde (bañarse / bañar) _____

   y (vestirse / vestir) _____ a Timoteo.

3. Por la noche, primero Javier (acostarse / acostar) _____ a Timoteo. Más tarde, Javier

   y Matilde (acostarse / acostar) _____.

CA3-20 Pachín. Michael está hablando con Pachín, un niño de seis años. Pachín tiene mucha curiosidad y a veces hace preguntas impertinentes. Completa los diálogos con el presente del indicativo de los verbos entre paréntesis. (**Gramática, págs. 114–115**)

1. PACHÍN: Mis padres _____ (levantarse) a las seis todos los días, pero mi hermana

   Lucinda nunca _____ (despertarse) antes de las ocho. ¿A qué hora

   _____ (levantarse) tú?

   MICHAEL: Normalmente yo (levantarse) _____ a las siete.

2. PACHÍN: Mi padre _____ (afeitarse) todos los días, pero yo no _____

   (afeitarse) porque soy pequeño. ¿_____ (afeitarse) tú?

   MICHAEL: Sí, claro. (Afeitarse) _____ todos los días.

3. PACHÍN: Mi hermana Lucina pasa horas en el baño. Primero, _____ (lavarse) el pelo;

   después, _____ (maquillarse) y _____ (ponerse) perfume.

   ¿Cómo _____ (arreglarse) tu hermana por la mañana?

   MICHAEL: Mi hermana (vestirse) _____ rápidamente, desayuna y sale de casa.

4. PACHÍN: Mi mamá y yo _____ (divertirse) mucho en el parque. Pero yo nunca *(never)*

   _____ (divertirse) con mi hermana. ¡Ella solo quiere hablar de novios! ¿Con

   quién _____ (divertirse) tú más?

   MICHAEL: Yo (divertirse) _____ más con mi hermano Samuel.

CA3-21 En casa. Raquel Rubio escribe sobre los quehaceres domésticos en su casa. Completa el párrafo con las palabras más lógicas de la lista. (**Vocabulario temático, pág. 118**)

cocina	comer	cuando	empleada
lava	limpia	normalmente	platos
pone	polvo	quehaceres	ropa

En casa no tenemos (**1**) _____ entonces dividimos las responsabilidades para los

(**2**) _____ . (**3**) _____ , mamá (**4**) _____ la ropa y

(**5**) _____ la cena. Papá pone los (**6**) _____ en el lavaplatos y

(**7**) _____ la cocina. Mi hermano menor (**8**) _____ la mesa y le da de

(**9**) _____ al perro. Yo quito el (**10**) _____ de los muebles y lavo la

(**11**) _____ . De vez en (**12**) _____ , limpiamos el garaje.

CA3-22 Los Martínez y los quehaceres. Los Martínez describen sus responsabilidades en casa. Completa las descripciones con un verbo lógico de la lista. Escribe el verbo en la forma correcta del tiempo presente del indicativo. No repitas verbos. (**Vocabulario temático, pág. 118**)

1. cortar   cocinar   lavar   limpiar   venir (ie)

   SRA. MARTÍNEZ: Normalmente, la empleada _____ a casa todos los días. Por la mañana,

   ella _____ la ropa y _____ los baños. Por lo general, yo

   _____ el almuerzo para mi familia.

2. ayudar   dar   hacer   poner   quitar

DULCE: Yo _____ mucho con los quehaceres. Siempre (yo) _____ mi

cama y _____ el polvo de los muebles. A veces, (yo) le _____ de

comer a nuestro perro.

3. jugar (ue)   hacer   poner   preparar   querer (ie)

ELISA: Mi hermana y yo _____ todos los quehaceres, porque nuestro hermano nunca

_____ ayudar. (Yo) Siempre _____ los platos en el lavaplatos.

De vez en cuando, _____ el café para mi papá.

CA3-23 Mis responsabilidades. Contesta las preguntas sobre los quehaceres en oraciones completas.
(Vocabulario temático, pág. 118)

1. ¿Con qué frecuencia limpias tu cuarto cuando estás en la universidad? ¿Con qué frecuencia lo limpias cuando estás en casa con tu familia?

_____

_____

_____

2. ¿Quién mantiene el cuarto más ordenado, tú o tu compañero(a) de cuarto? ¿Cuál de Uds. hace la cama con más frecuencia?

_____

_____

_____

3. Normalmente, ¿quién lava tu ropa? ¿Sabes planchar *(to iron)*?

_____

_____

_____

4. Cuando estás en casa con tu familia, ¿ayudas mucho o poco con los quehaceres? ¿Cuáles de los quehaceres haces con mucha frecuencia? ¿Cuáles no haces nunca?

_____

_____

_____

Un paso más

Panorama cultural

CA3-24 ¿Qué recuerdas? Lee la información sobre Venezuela en la sección **Panorama cultural** de tu libro de texto. Completa la tabla con información básica sobre Venezuela y los Estados Unidos. *(Note: You can find the information for Venezuela in your textbook. Use your personal knowledge or consult other sources to complete the information for the United States.)* **(Panorama cultural, págs. 124–125)**

Nombre oficial del país	República de Venezuela	Estados Unidos de América
1. Capital		
2. Moneda		
3. Bases principales de la economía		
4. Fecha de la declaración de independencia		
5. Un aspecto interesante de la geografía		
6. El primer presidente		
7. Una persona interesante, en mi opinión		

CA3-25 Imágenes de Venezuela. Antes de mirar el vídeo sobre Venezuela, repasa el vocabulario de aquí. Completa las oraciones con las palabras y frases más lógicas de la lista.

ciudad cosmopolita *cosmopolitan city*   **petróleo** *petroleum*

estatua ecuestre *equestrian statue*   **restos** *remains*

metro *subway*   **torres gemelas** *twin towers*

nació *was born*   **valle** *valley*

1. Caracas, la capital de Venezuela, está en un _____ .

2. La base de la economía de Venezuela es el _____ .

3. Simón Bolívar _____ en Caracas en 1783.

4. Bolívar murió *(died)* en 1830; sus _____ están en el Panteón Nacional.

5. En la Plaza Bolívar hay una _____ del Libertador y su caballo *(horse)*.

6. El _____ es un importante sistema de transporte público de Caracas.

7. Las Torres del Silencio son dos _____ de 103 metros de altura.

8. Caracas es una _____ y moderna.

¡Vamos a leer!

Lectura A: Genealogía, Una ventana al pasado y un legado para el futuro (adaptado)

In the following article, taken from in-flight magazine *Escala*, you will learn about the popular hobby of genealogy, or searching for one's family roots. You will also practice **skimming** a text to get the main idea. Here are a few key words in the article:

legado *legacy*

sitios en la Red *websites*

búsqueda *search*

Genealogía
Una ventana al pasado y un legado para el futuro (adaptado)

Muchos se interesan en la genealogía por curiosidad o para dejar un legado a sus descendientes. Es el tercer pasatiempo más popular en los Estados Unidos de América y el segundo tema más buscado en Internet. Ha generado más de dos millones de sitios en la Red, así como una serie en PBS, *Ancestors*.

Por dónde empezar

La elaboración de su árbol genealógico depende de realizar un buen trabajo de búsqueda y muchísima paciencia. Primero, comience por escribir todo lo que sabe de su familia. Busque información en Biblias familiares y cartas y en el reverso de las antiguas fotografías de la familia. Después, comuníquese con los miembros de su familia inmediata para extraer la información de la historia de la familia que se encuentra en su memoria. Los directorios, archivos nacionales, catálogos de bibliotecas, registros de cementerios, de funerarias e iglesias también son buenas fuentes de información.

La genealogía en Internet

Para navegar en busca de sitios acerca de genealogía en Internet:

- Use un buscador de páginas de Internet como Google o Dogpile.
- Use comillas para el nombre y escríbalo normalmente y a la inversa "Mark Smith" y "Smith Mark".
- Use el recurso "Find" (encontrar) en el menú "Edit" (editar) para localizar un nombre en un sitio con varias páginas.
- Revise los sitios regularmente, porque se publica nueva información cada segundo.

familysearch.org

En este sitio, perteneciente a la Iglesia de Jesucristo de los Santos de los Últimos Días, usted puede investigar millones de registros familiares de una amplia gama de fuentes, incluyendo el Ancestral File (Archivo Ancestral) y el International Genealogical Index (Índice Genealógico Internacional).

ellisislandsrecords.org

Es el sitio del American Family Immigration History Center (Centro de Historia de la Inmigración de las Familias Estadounidenses). Brinda acceso a las listas de pasajeros de más de 22 millones de inmigrantes que ingresaron a través del Puerto de Nueva York y la Isla Ellis a Estados Unidos durante el período de 1892 a 1924.

Enciclopedia Heráldica Hispano-Americana

Índice de búsqueda de los 88 volúmenes escritos por Alberto y Arturo García Carraffa que abarcan la heráldica española e incluyen más de 15 mil nombres con sus historiales genealógicos. www.loc.gov/rr/hispanic/general/index-gc.html

www.cyndislist.com

Es un directorio con más de 169 000 ligas a sitios genealógicos en Internet.

CA3-26 Estrategia: Echar un vistazo. Although your ability to read in Spanish is still growing and you are unable to understand every point made, you already know enough to get the gist of many newspaper and magazine articles. Follow the tips presented in the **Estrategia** box and then complete the activity as you refer to the article "Genealogía, Una ventana al pasado y un legado para el futuro."

Estrategia: *Skimming for the main idea*

In order to quickly get the main idea of a reading text, rely on the technique of **skimming.** Instead of reading closely, word for word, skimming involves running your eyes over the entire selection and then reading selectively.

- First note the format, including any subdivisions, bold type, italics, captions, and lists. These organizational clues reveal the structure of the article.

- Read the title of the selection and any headings and subheadings to discover the main points.

- Finally, read the first and last sentences of each paragraph or section. Oftentimes, these are the topic sentences that state the main idea. If there is no topic sentence, scan the paragraph to get an overall idea of the subject.

_____ 1. What can readers learn from the article?

    a. Six common mistakes often made by people studying genealogy.

    b. Approved standards for sharing genealogy information with others.

    c. How to start searching for their family history.

_____ 2. What is the main idea of the first paragraph of the article?

    a. The study of genealogy is a rewarding—but expensive—pastime.

    b. Searching for one's family history is a popular pastime that has generated many websites as well as television programs.

    c. The Internet has allowed many people to pursue the study of genealogy.

_____ 3. What is the main idea of the section "Por dónde empezar"?

    a. You should start researching family history by investigating archives, records, letters, and by questioning elderly relatives.

    b. You should always be engaged in a quest for truth and seek only credible evidence.

    c. You should contact volunteers and experts in genealogy who will assist you in your search.

_____ 4. What do readers learn in the section "La genealogía en Internet"?

    a. Caution is needed when using Internet resources on genealogy, as unscrupulous persons may steal your personal information.

    b. Tips to be followed for more efficient use of your browser when finding information on genealogy on the internet.

    c. The website www.cyndislist.com will provide many links to other genealogy sites.

_____ 5. How many genealogy resources does the article provide?

    a. six   **b.** three   **c.** four

Lectura B: *Rima XI*

Gustavo Adolfo Bécquer (1836–1870) was an important Spanish poet of the Romantic Period. The poem you are about to read is drawn from his famous collection, *Rimas,* which deals with themes of love, honor, hope, and loneliness.

CA3-27 *Rima XI.* To better understand the poem, read one stanza at a time and respond in English to the study guide questions after each section.

Gustavo Adolfo Bécquer

-Rima XI

—Yo soy ardiente, yo soy morena,
yo soy el símbolo de la pasión
de ansia° de goces° mi alma está llena.°
¿A mí me buscas? —No es a ti; no.

longing / pleasures / full

How does the poet describe the appearance of the first woman? What feelings does she evoke? Is the poet seeking this woman?

_____

_____

—Mi frente° es pálida; mis trenzas°, de oro;
puedo brindarte dichas sin fin°;
yo de ternura° guardo un tesoro.
¿A mí me llamas? —No; no es a ti.

forehead / hair tresses
brindarte… give you happiness
tenderness

What does this woman look like? What does she offer the poet? Does he accept this offer?

_____

_____

—Yo soy un sueño°, un imposible,
vano fantasma de niebla° y luz;
soy incorpórea, soy intangible;
no puedo amarte. —¡Oh, ven,° ven tú!

dream
mist

come

How is this woman described? What feelings does she express to the poet? How does the poet react to her?

_____

_____

CA3-28 Comprensión. After you read the poem *Rima XI*, complete the sentences that follow with the best response. Then reflect on the poem: Is the poet speaking solely of women or might this poem be interpreted in another way?

1. El poeta habla con _____ persona(s).

   a. una   **b.** dos   **c.** tres

2. Las personas son _____.

   a. hombres   **b.** mujeres   **c.** niños

3. La primera persona y la segunda son _____.

   a. indiferentes   **b.** apasionadas   **c.** crueles

4. La tercera persona es más _____.

   a. concreta   **b.** realista   **c.** abstracta

5. El poeta prefiere a la _____ persona.

   a. primera   **b.** segunda   **c.** tercera

¡Vamos a escribir!

CA3-29 Estrategia: Componer párrafos. By organizing your ideas into paragraphs (**los párrafos**), you will be able to write more clearly in Spanish. Read about two major characteristics of good paragraphs and complete the activities that follow.

> **Estrategia:** *Creating paragraphs*
>
> **Clave 1: La oración temática.** A paragraph is a collection of related sentences that deal with one major idea. This idea is expressed through a topic sentence (**una oración temática**), which is often the first or last sentence of the paragraph.
>
> **Clave 2: El desarrollo.** In order to develop your paragraph effectively, be sure that all the sentences in the paragraph are clearly related to the main idea expressed in the topic sentence. Secondly, take care to include a sufficient number of sentences so that you fully explore and support the topic sentence.

1. **La oración temática.** Amanda Briggs is going to study in Venezuela for a semester. Here is part of a letter she has written to her host family. Which of these three options is the best topic sentence for her paragraph?

   ☐ La vida del estudiante típico es muy ajetreada.

   ☐ Les escribo para describir un poco mi rutina en la Universidad.

   ☐ Quiero presentarme y contarles un poco acerca de quién soy yo.

   > Me llamo Amanda Briggs y soy estudiante de tercer año en la Universidad de Boston. Estudio Ciencias y espero ser médica algún día. También tengo un gran interés en el español. Como pueden imaginar, paso mucho tiempo con mis estudios. Pero, también soy una persona sociable y me gusta hacer nuevos amigos. Por eso, me alegra mucho participar en este intercambio.

2. **El desarrollo.** Shortly after arriving in Venezuela, Amanda begins studying Spanish at the University. For one of her assignments, she has to write a description of a favorite relative. Read her description and identify two sentences that are not related to the topic sentence. Cross out these two sentences.

   > Mi abuela Elena Santos es una persona extraordinaria. Abuelita es bajita de estatura y bastante delgada, pero es una mujer fuerte y activa con una gran pasión por su familia. Todas las tardes, dos o tres de sus nietos pasan por su casa después del colegio para jugar con esta abuela ejemplar. Pero nunca juegan con su perro, Sultán. Los domingos, abuela abre las puertas de su pequeña casa a todos mis tíos y primos y nos prepara una cena deliciosa. Después, las mujeres siempre lavamos los platos. Cuando tengo un problema, mi abuela siempre tiene tiempo para hablar conmigo y ofrecerme sus consejos. Elena es más que una abuela: es un modelo para mí y para todos sus nietos.

CA3-30 Una carta a Venezuela. You are going to study Spanish in Venezuela, where you will live with a host family for a semester. Write a letter to your host family and introduce yourself. Follow these guidelines:

- Use a standard letter format. (For more information on writing letters, see pages 35–36 in the *Cuaderno de actividades.*)

- Include details, such as your name, age, personality traits, appearance, and pastimes.

- Create an effective topic sentence for the main paragraph in the body of your letter.

- Ask your host family two or three questions.

_____

_____

_____

_____

Phrases: Describing people; greeting; making transitions; talking about the present; writing a conclusion; writing an introduction, writing a letter (informal).

Vocabulary: family members, people, personality.

Grammar: Adjective agreement; adjective position; relative pronoun **que;** relative pronoun **quien;** relatives: antecedent; verbs: present; verbs: use of **ser** and **estar.**

Todo oídos

La emisora de radio WSEC 104.5 les presenta...

🔊 **CA3-31 "Radioventas".** Vas a escuchar el programa "Radioventas" donde diferentes personas en la comunidad
TRACK 10 llaman por teléfono para anunciar muebles, aparatos eléctricos y otras cosas que tienen en venta *(for sale)*. Antes
de escucharlo, lee y completa la primera parte de la actividad.

Primera parte: Acabas de alquilar un apartamento que está parcialmente amueblado *(furnished)* y necesitas
algunos muebles o aparatos eléctricos. Primero, mira el diagrama del apartamento para ver lo que necesitas *(to see
what you need)*. Luego, escribe una lista de cuatro cosas que necesitas comprar.

1. _____

2. _____

3. _____

4. _____

cocina   **habitación**

comedor   **sala**

Segunda parte: Ahora, escucha el programa para ver si encuentras algunas gangas *(bargains)*. ¿Cuáles de los artículos anunciados quieres comprar para tu apartamento? Completa la tabla con el artículo, el precio *(price)* y el número de teléfono.

Artículo	Precio	Teléfono
1.		
2.		
3.		
4.		

La pronunciación

CA3-32 La entonación. Intonation refers to the rising and falling pitch of your voice as you speak. There are TRACK 11 three basic intonation patterns in Spanish. Listen to the following sentences on the recording and repeat each one.

1. Statements: The tone of your voice should go down at the end of a declarative statement.

   La familia Martínez vive en Venezuela. ↓

2. Yes/No questions: The tone of your voice should go up at the end of questions that are routinely answered with a *yes* or *no*.

   ¿Vive la familia Martínez en Venezuela? ↑

3. Information questions: The tone of your voice should go down for questions that begin with interrogatives, such as *who, what, when, where.*

   ¿Dónde vive la familia Martínez? ↓

CA3-33 Algunos sonidos y letras especiales. Spanish has a few letters of the alphabet and also some special TRACK 12 sounds that English does not use. Practice the following sounds by repeating them.

1. **Ch** is traditionally considered a single letter of the alphabet; it is pronounced like the *ch* of the English word *church.* Listen to each word or sentence and repeat.

   chico *(boy)*   **chocolate**   **ducha** *(shower)*

   La ducha en la casa de ese chico está descompuesta.

2. **Ll** is also traditionally considered a single letter of the alphabet. In most areas it is pronounced like the *y* in *you.* Listen to each word or sentence and repeat.

   sillón *(easy chair)*   **villa**   **allí** *(there / over there)*

   Allí hay un sillón grande.

3. The letter **ñ** is alphabetized after the letter **n.** It is pronounced like the *ny* combination in the English word *canyon.* Listen to each word or sentence and repeat.

   señor *(man)*   **bañera** *(tub)*   **pequeña** *(small)*

   Ese señor tiene una bañera muy pequeña en su casa.

¡Buen provecho!

CAPÍTULO 4

Paso 1

CA4-1 Las comidas. Escoge la frase o las frases más lógicas para completar cada oración sobre comida. Puede haber *(There can be)* una respuesta correcta (por ejemplo, b.), dos respuestas correctas (por ejemplo, b. y c.) o tres respuestas correctas (a., b. y c.). (**Vocabulario temático, págs. 130–131**)

_____ 1. En el desayuno, Joaquín casi siempre bebe _____.

    a. jugo de naranja   **b.** un vaso de leche   **c.** una taza de té

_____ 2. Necesitamos comprar _____ para la sopa vegetariana.

    a. maíz   **b.** papas   **c.** cerdo

_____ 3. Juana usa la estufa para cocinar _____.

    a. helado   **b.** ensalada   **c.** arroz

_____ 4. No es necesario poner _____ en el refrigerador.

    a. las galletas   **b.** la mantequilla   **c.** el queso

_____ 5. Este sándwich de pescado tiene _____.

    a. pan   **b.** lechuga   **c.** tomate

_____ 6. Hugo no bebe _____ porque no bebe bebidas alcohólicas.

    a. cerveza   **b.** vino   **c.** refrescos

_____ 7. Sofía no puede comer _____ porque es alérgica a los mariscos.

    a. pollo   **b.** langosta   **c.** camarones

_____ 8. _____ es tan dulce *(sweet)* como el flan.

    a. El huevo   **b.** El bistec   **c.** La torta

Nombre _____ Fecha _____

CA4-2 Café Flamingo. Completa el siguiente menú con las palabras más lógicas de la lista. (**Vocabulario temático, págs. 130–131**)

chuletas   frío   flan   frito   horno

leche   mermelada   pollo   queso   revueltos

Café Flamingo

DESAYUNO

Huevos **(1)** _____ o fritos

Panecillos con mantequilla y **(2)** _____

Cereal con **(3)** _____

ALMUERZO Y CENA

Ensalada de **(4)** _____ al curry

Sopa de mariscos

Sándwich de prosciutto y **(5)** _____ mozzarella

Pescado **(6)** _____ con arroz

(7) _____ de cerdo con papa al **(8)** _____

POSTRES

(9) _____ de vainilla

Helado napolitano

Torta de chocolate

BEBIDAS

Cerveza nacional

Jugos naturales

Té **(10)** _____

CA4-3 En el restaurante. ¿Quién dice las siguientes frases en un restaurante: el cliente o el camarero? Marca (✓) la columna apropiada. (**Vocabulario temático, págs. 134–135**)

	Cliente	Camarero
1. Aquí tiene el menú.	_____	_____
2. El ceviche tiene corvina, cebolla y jugo de naranja.	_____	_____
3. Quiero probar algo típico.	_____	_____
4. ¿Qué desea para beber?	_____	_____
5. ¿Qué tienen de postre?	_____	_____
6. Tráigame una cuchara para la sopa.	_____	_____
7. Aquí tiene la propina.	_____	_____
8. ¿Quiere cubitos de hielo en su vaso?	_____	_____

CA4-4 Leona's. En Chicago, tú y tu amigo(a) van a cenar en Leona's. Mira el menú para completar el diálogo. Usa oraciones completas siempre que puedas *(whenever you can)*. (**Vocabulario temático, págs. 134–135**)

Platos Fuertes

¡La mejor comida de reparto a domicilio *(home delivery)* de la ciudad! Todas las siguientes selecciones incluyen Old World Bread y dos acompañamientos de su elección.

POLLO ROMANO Pechuga apanada de pollo, sin hueso, empanizada y cocinada al horno. Nuestra especialidad. Petite: 8.95 Real: 10.95

POLLO EMPANIZADO AL AJILLO Pechuga de pollo, sin hueso marinada en ajo. Servida con salsa Alfredo. Petite: 8.95 Real: 10.95

POLLO PARMESANO Pechuga empanizada y cocinada al horno con salsa marinara y queso provolone. Petite: 9.50 Real: 11.50

BROCHETA DE POLLO A LAS BRASAS Sazonado con hierbas y aceite de oliva. Le sugerimos una brocheta de vegetales como acompañamiento. 9.95

POLLO STRIPS "PARA ADULTOS" Pueden pedirse *(order)* fritos o empanizados, preparados frescos. 9.95

CHICAGO FRITO No se crea, se trata de pollo frito en puro aceite vegetal: 2 piezas pechuga y muslo: 6.95 4 piezas: 8.95 6 piezas: 10.95

BROCHETA DE VEGETALES A LA PARILLA *(grilled)* Dos brochetas frescas a la parilla. 8.95

CAMARONES QUE MATAN Al ajillo. 2) Asados *(broiled)* 3) Fritos. 13.95

PESCADO BLANCO FRESCO Simplemente sazonado y asado. Servido con salsa de yogur baja en calorías. 12.95

PESCADO FRITO Una generosa porción de pescado frito. Le sugerimos papas fritas como uno de sus acompañamientos. 8.95

FILETE DE SALMÓN Filete de salmón noruego servido con 3 salsas. 13.50

COSTILLAS CON BBQ Una costilla con nuestra deliciosa salsa. Media: 10.95 Entera: 14.95

COSTILLA & ROMANO Media costilla y dos pedazos de romano. 13.95

UN BISTEC N.Y. & SU ELECCIÓN Un N.Y. Steak y su elección entre camarones al ajillo, costillas BBQ o pollo romano. 17.95

SÓLO CAMARONES FRITOS 1/2 LB. $10. **SÓLO COSTILLA 2 SLABS** $24.

¡COMPARTA SI QUIERE!

Acompañamientos:

Sopa de Pollo, Minestrone, Ensalada Sicodélica, Penne con Salsa de Carne, Papas Alfredo, Angel Hair Marinara, Cavatappi y Crema de Tomates, Fettuccini Alfredo, Skewer de Vegetales, Papas Fritas con Sour Cream, Kale al Vapor. Si agrega un dólar... Lasaña de Carne o de Queso

Aderezos:

Fruta Fresca, Slaw de Zanahoria y Bróculi, Galletas

CAMARERA: Buenas tardes. Bienvenidos (*Welcome*) a Leona's. ¿Cuántos son Uds.?

TÚ: **(1)** _____.

CAMARERA: ¿Quieren Uds. una mesa cerca de la ventana o en el rincón (*corner*)?

TÚ: **(2)** _____.

CAMARERA: Aquí tienen los menús.
(*Unos minutos después*)

CAMARERA: ¿Están listos para pedir?

TÚ: **(3)** ¿ _____?

CAMARERA: Las costillas (*ribs*) con salsa barbacoa son deliciosas. También es muy rico el pollo parmesano.

TÚ: **(4)** _____.

TU AMIGO: **(5)** _____.

CAMARERA: Muy bien. También pueden elegir (*pick*) dos acompañamientos (*side dishes*) y un adorno (*garnish*). La lista está al pie (*at the bottom*) del menú.

TÚ: **(6)** _____.

TU AMIGO: **(7)** _____.

CAMARERA: ¿Y para beber? Tenemos refrescos, té frío, cerveza, vino, leche…

TÚ: **(8)** _____.

TU AMIGO: **(9)** _____.

CAMARERA: ¿Algo más?

TÚ: **(10)** _____.

CAMARERA: Muy bien. Ahora mismo les traigo el pan.

CA4-5 Relacionar. Para cada pregunta existe una sola respuesta gramaticalmente correcta. Encuéntrala (*Find it*) al relacionar el complemento de la pregunta con el complemento directo pronominal de la respuesta. **(Gramática, págs. 137–138)**

_____ 1. ¿Nos llevas al restaurante?
    a. Enseguida la traigo.

_____ 2. ¿Dónde están los camareros?
    b. Aquí las tiene.

_____ 3. ¿Puede traernos dos ensaladas?
    c. No los veo.

_____ 4. ¿Nos trae más pan?
    d. Los llevo enseguida.

_____ 5. ¿Dónde está la pimienta?
    e. Te veo un poco más tarde.

_____ 6. ¿Cuándo vienes a verme?
    f. Lo traigo enseguida.

CA4-6 La cena. Vas a hacer una cena especial para celebrar el aniversario de tus padres. Tu amiga Ramona te hace preguntas sobre esta ocasión especial. ¿Cómo contestas sus preguntas? Escoge la respuesta gramaticalmente correcta en cada caso. Fíjate bien *(Take special note)* en los complementos directos pronominales. **(Gramática, págs. 137–138)**

MODELO   —¿Vas a invitar a tus abuelos?

          —Sí, voy a (invitarlos)/ invitarlas).

1. —¿Vas a invitar a tus tíos y a tus primos?
   —Sí, voy a (invitarte / invitarlos).

2. —¿Piensas servir tu famoso pollo parmesano?
   —No, no voy a (servirlos / servirlo). Pienso preparar camarones.

3. —¿Qué vas a hacer de postre? ¿Tu exquisita torta de chocolate?
   —Sí, voy a (prepararlo / prepararla). Es el postre preferido de papá.

4. —¿Quién piensa hacer el brindis *(make the toast)*?
   —Mi hermano va a (hacerme / hacerlo).

5. —¿Van a ayudarte tus hermanos?
   —Sí, van a (ayudarlos / ayudarme).

6. —¿Quién va a sacar fotografías de los invitados *(guests)*?
   —Mi tío va a (sacarlas / sacarlos). Es un fotógrafo profesional.

7. —¿Vas a invitarme a la fiesta?
   —Sí, por supuesto voy a (invitarme / invitarte).

CA4-7 En la cocina. Contesta las preguntas sobre tus preferencias en alimentos. Incluye un complemento directo pronominal **(lo, la, los o las)** y una expresión de frecuencia en tu respuesta. **(Gramática, págs. 137–138)**

Expresiones de frecuencia:

no... nunca *(never)*	**(casi** *[almost]***) siempre**
(casi) todos los días	**a veces** *(sometimes)*
(casi) todas las semanas	**con frecuencia**
de vez en cuando *(now and then)*	

MODELO   ¿Con qué frecuencia sirves **vino** con la cena?

          Lo sirvo a veces.

          O: *No lo sirvo nunca.*

1. ¿Con qué frecuencia bebes **jugo de naranja** con tu desayuno?

   _____

2. ¿Con qué frecuencia preparas **ensalada** para tu almuerzo?

   _____

3. ¿Con qué frecuencia les sirves **mariscos** a tus invitados?

   _____

4. ¿Con qué frecuencia pides **enchiladas** en los restaurantes mexicanos?

   _____

5. ¿Con qué frecuencia pruebas **platos nuevos** cuando estás en un restaurante?

_____

6. ¿Con qué frecuencia preparas **el desayuno** para tu familia?

_____

7. ¿Con qué frecuencia comen **pizza** tú y tus amigos?

_____

8. ¿Con qué frecuencia necesitas tomar **antiácidos** después de comer en la cafetería de la universidad?

_____

Paso 2

CA4-8 Hacer la compra. Consuelo y su hija están preparando la lista de compras (*shopping list*) para el picnic de mañana. Completa la conversación con las frases más lógicas de la lista. (**Vocabulario temático, pág. 141**)

dos barras	**una docena**	**un kilo**	**un paquete**	**una sandía**
dos botellas	**un frasco**	**un litro**	**una piña**	**unas fresas**

CONSUELO: Oye, Lisa, tenemos que hacer la compra para nuestro picnic. ¿Me puedes ayudar?

LISA: Sí, mami.

CONSUELO: A ver (*Let's see*)... Para los sándwiches, ¿qué necesitamos?

LISA: **(1)** _____ de pan y **(2)** _____ de jamón.

CONSUELO: Sí, y también **(3)** _____ de mayonesa. Creo que ya (*already*) tenemos queso y lechuga.

LISA: Vamos a comprar fruta también, ¿no?

CONSUELO: Claro, **(4)** _____ es lo tradicional para los picnics. Y para beber,

(5) _____ grandes de Inca Cola.

LISA: También tenemos que comprar **(6)** _____ de azúcar porque voy a hacer una torta para nuestro picnic.

CONSUELO: Muy bien, hija. Entonces debemos comprar **(7)** _____ de huevos y

(8) _____ de leche también.

LISA: ¿Tenemos que comprar algo más?

CONSUELO: Sí, quiero preparar una macedonia de frutas (*fruit salad*) para llevar a abuelita. Debemos

comprar **(9)** _____ ; a abuela le encanta la fruta tropical.

LISA: ¡Sí, buena idea! Y también **(10)** _____ bien dulces (*nice and sweet*). ¿Es todo?

CONSUELO: Sí, eso es todo. ¡Vamos al mercado!

CA4-9 La lista. Tu tía favorita viene a visitarte y piensas preparar un almuerzo especial. Primero, escribe el menú que vas a servir. Después, escribe la lista de productos que necesitas comprar. Incluye en tu lista detalles como "una botella", "un kilo", etcétera. (**Vocabulario temático, pág. 141**)

El menú
_____
_____
_____
_____
_____
_____
_____
_____
_____

La lista de compras
_____
_____
_____
_____
_____
_____
_____
_____
_____
_____

CA4-10 Sobre gustos no hay nada escrito. Elisa describe algunos de los gustos de su familia. Completa las oraciones con un complemento indirecto pronominal (**me, te, le, nos, les**) y la forma apropiada del verbo **gustar** (**gusta, gustan**). (**Gramática, págs. 144–145**)

MODELO   A mí _me gusta_ comer bien.

1. En mi familia, a todos _____ comer en restaurantes.

2. A papá y a mamá _____ los restaurantes elegantes, especialmente cuando salen los dos solos.

3. A tía Felicia _____ los restaurantes con comida española.

4. A mi hermano Carlos _____ comer hamburguesas, así que siempre va a Burger King.

5. A mi hermana Dulce y a mí _____ los postres, y siempre preferimos ir a los restaurantes franceses.

6. Cuando mi hermana Dulce cocina, todos comemos muy poco. A nosotros _____ más la comida de mi mamá o la de tía Felicia.

CA4-11 Supermás. A tu compañera de clase le gusta mucho el supermercado Supermás. Completa el párrafo con los complementos indirectos pronominales más lógicos entre paréntesis para saber por qué es su supermercado favorito. (**Gramática, págs. 144–145**)

Todos los sábados, Sofía y yo vamos al supermercado Supermás. A nosotras (les / nos) (1) _____ gusta comprar en Supermás porque el servicio es bueno. Cuando Sofía compra una docena de galletas, siempre (le / les) (2) _____ ponen trece galletas. Cuando yo compro queso, siempre (me / te) (3) _____ dan un poco para probar. Si *(If)* un cliente está enfermo, el supermercado (nos / le) **(4)** _____ lleva las compras a la casa.

Estoy segura que si tú vas a Supermás, (te / le) **(5)** _____ pueden recomendar buenos productos orgánicos.

Y estoy segura que luego tú vas a recomendar(le / les) **(6)** _____ Supermás a tus amigos.

CA4-12 En el mercado central. Las personas hacen muchas preguntas en el mercado central. Completa cada respuesta con dos complementos pronominales correctos. **(Gramática, pág. 147)**

MODELO   CLIENTE: ¿A quiénes recomienda esta sandía?

            VENDEDORA: *Se la* recomiendo a ustedes.

1. VENDEDOR: ¿A quién doy una docena de plátanos?

    CLIENTE: _____ da a nosotros.

2. VENDEDOR: ¿A quién vendes este kilo de peras?

    VENDEDORA: _____ vendo a la señora Camacho.

3. VENDEDORA: ¿Adónde les traes las botellas de agua?

    VENDEDOR: _____ traigo al carro.

4. ANITA: ¿A quién compras esta sandía?

    LUIS: _____ compro a ti.

5. VENDEDOR: ¿Dónde les pongo los melocotones?

    CLIENTES: _____ pone en la bolsa, por favor.

6. CARLOS: ¿Le doy el dinero al vendedor?

    ADRIANA: Sí, _____ das al vendedor.

CA4-13 Dietas. Muchas personas siguen dietas especiales. ¿Qué les sirves cuando te visitan? Lee las situaciones y contesta las preguntas con oraciones completas; incluye **dos complementos pronominales** y explica tu respuesta. Sigue el modelo. **(Gramática, pág. 147)**

MODELO   Tu tía, que sufre de diabetes, va a tu casa para cenar. ¿Le sirves una torta de chocolate?

          *No, no **se la** sirvo, porque ella no debe* (shouldn't) *comer postres con azúcar.*

1. Tu tío quiere bajar de peso *(lose weight)*. Va a tu casa para el almuerzo. ¿Le sirves una ensalada de lechuga y tomate?

    _____

    _____

2. Tus abuelos siguen una dieta baja *(low)* en carbohidratos y alta *(high)* en proteínas. ¿Les sirves unas patatas al horno?

    _____

    _____

3. Tu mejor amigo es vegetariano. ¿Le preparas unos sándwiches de jamón?

    _____

    _____

4. Tu prima no tolera los productos lácteos. ¿Le haces un flan?

_____

_____

5. Tus padres son alérgicos a los mariscos. ¿Les sirves una langosta?

_____

_____

Un paso más

Panorama cultural

CA4-14 ¿Qué recuerdas? Lee la información en **Panorama cultural** en tu libro, *Puentes*. Completa la tabla *(chart)* con los datos más lógicos e importantes. Para la parte sobre los Estados Unidos, incluye información que aprendiste *(that you learned)* en otras clases o en otros libros. (**Panorama cultural, págs. 152–153**)

	Perú	Los Estados Unidos
1. Un grupo indígena con un alto grado *(a high degree)* de civilización		
2. La cordillera de montañas *(mountain range)* que cruza el país		
3. Líderes importantes en el movimiento por la independencia		
4. Un(a) novelista de fama internacional		
5. Un(a) índigena importante en la historia del país		
6. Un(a) atleta de fama internacional		
7. Un destino turístico popular		

CA4-15 Imágenes de Perú. Aquí tienes vocabulario importante sobre Perú. Antes de mirar el vídeo, completa estas oraciones con las palabras más lógicas de la lista.

amor *love*
barrio chino *chinatown*
correo *post office*
fuentes *fountains*

fundada *established*
homenaje *tribute, honor*
iglesia *church*
limeños *of Lima*

1. Lima, la capital de Perú, fue *(was)* _____ en 1535.

2. En los restaurantes _____ se disfruta de la comida peruana.

3. La Catedral y la _____ San Francisco son ejemplos del estilo colonial español.

4. En el Parque del _____ hay una estatua *(statue)* de dos personas besándose *(kissing)*.

5. El Palacio Municipal y el _____ Central son edificios gubernamentales *(government buildings)*.

6. Los mejores chifas (restaurantes chinos) están en la calle Capón en el _____ de Lima.

7. En la Plaza San Martín está un monumento en _____ al héroe de la independencia de Perú.

8. El "circuito mágico de agua" —_____ de agua animadas *(animated)* y musicales— es otra atracción de Lima.

¡Vamos a leer!

Lectura A: La cocina ecogourmet

This article contains information about a type of cuisine in Peru based on local, organic ingredients. As you read it, you will practice the strategy of **anticipating content** of readings to improve your understanding.

LA COCINA ECOGOURMET

Perú, el país con mayor número de platos típicos, es famoso a nivel mundial por la variedad y calidad de su gastronomía. Entre sus diversas cocinas°, se puede mencionar la cocina marina, la criolla, la nikkei, la chifa, la novoandina: todas, el resultado artístico de las fusiones de las culturas asiática, europea, andina y africana. Más recientemente, existe otra categoría: la cocina ecogourmet, fusión de la comida sofisticada y la agricultura orgánica.

cuisines

Comida deliciosa, sana° y justa°

La cocina ecogourmet está basada en ingredientes orgánicos cultivados localmente. Deben tener buen sabor°, ser buenos para la salud, ser producidos sin dañar° el medio ambiente° y los productores deben ser compensados justamente. La elaboración de los menús generalmente siguen la cocina tradicional en la cual se prepara platos con productos de la temporada°. En este tipo de cocina, los protagonistas son los agricultores ecológicos de la región, talentosos chefs y consumidores conscientes de su salud y del medio ambiente.

healthy / fair

flavor
hurt
envirornment

season

Restaurante La Gloria del Campo

La Gloria del Campo, en las afueras° de Lima, es un ejemplo de un restaurante ecogourmet con mucho éxito°. El concepto es sencillo: un rústico comedor con mesas tipo picnic y un techo de bambú. El secreto: 17 mil metros cuadrados de jardines orgánicos. Aquí, los ingredientes van directamente del jardín a la mesa. Por supuesto, todo es fresco, natural y delicioso. La ensalada solterito, por ejemplo, elaborada con tomate, queso blanco, habas°, cebolla roja y maíz, es sencilla pero exquisita.

outskirts
success

broad beans

El Festival Ecogourmet

Pachacámac, un pequeño pueblo a media hora de Lima, es el escenario del Festival Ecogourmet, una feria de comida fresca°. Un grupo de agricultores orgánicos, chefs y activistas ambientales organizaron este festival para promover° la agricultura orgánica y la gastronomía de este precioso valle° verde. Chefs —profesionales y aficionados— compiten en la creación de platos con productos locales, como la papa, la fresa y el camarón. El primer festival tuvo lugar en julio de 2008 y uno de los ganadores fue el restaurante La Vaca Colorada con el plato "cuy° a la cerveza".

fresh
promote
valley

guinea pig

Tú también puedes ser un chef ecogourmet. Prepara esta noche tu receta° favorita con productos locales y naturales de alta calidad°. ¡Disfruta de la comida buena en sabor... y buena para tu salud y tu comunidad!

recipe
alta… high quality

CA4-16 Estrategia: Predecir el contenido. When approaching a reading in Spanish, you should first get a general idea of the topic by skimming titles, subtitles, graphics, and the first and last paragraphs of the article. Next, you should try to anticipate what kinds of specific information the article will contain. Read more about this strategy and then complete the activity.

Estrategia: *Anticipating content*

By anticipating the content of a reading, you prepare yourself to understand it more quickly and more fully. Once you have skimmed an article and have a general idea of the topic, ask yourself questions like these:

- For whom is the article written? (For example, is it directed to adults, adolescents, children, specialists, fans, professionals, etc.?)
- Will this article be more likely to contain very technical or more general information?
- How does the information appear to be organized?
- What do I already know about this topic?

---

1. Before you proceed to reading the article, decide if the following statements are true or false. Write **T** or **F** in the space provided.

   _____ **a.** The article is most likely written for a general adult reading audience.

   _____ **b.** The article appears to be an interview with a famous Peruvian chef.

   _____ **c.** "Ecogourmet" probably has to do with fashion.

   _____ **d.** You can expect to find information about a restaurant in this article.

   _____ **e.** You will probably read about the impact of cholesterol on health.

2. Now read the article "La cocina ecogourmet" and complete the following statements. Check off the correct responses.

   a. La cocina ecogourmet se basa en...

   _____ la agricultura orgánica.   _____ la fusión de culturas.

   b. Las personas que cocinan ecogourmet se preocupan por...

   _____ no comer carne.   _____ el medio ambiente *(environment)*.

   c. Un restaurante ecogourmet usa ingredientes...

   _____ locales.   _____ de lugares exóticos.

   d. El Festival Ecogourmet celebra...

   _____ la gastronomía.   _____ la cultura prehispánica.

   e. Para elaborar un menú ecogourmet, usa...

   _____ papas andinas   _____ productos de temporada *(in season)*.

Lectura B: Pirulí

The next selection is part of a poem written by the Spanish author Gloria Fuertes. It presents a vivid description of the author's favorite childhood treat. Fuertes was born in 1918 of working-class parents and went through many hard times during her childhood. In this poem we get a glimpse of the importance that small treats held for her when she was young.

CA4-17 Pirulí. Read the poem "Pirulí" and answer the study guide questions in English.

chupachup, piruleta y pirulí   cucurucho

Gloria Fuertes
Pirulí

De fresa, limón y menta
Pirulí
Chupachup hoy en día
"lolipop" americano.

The poem begins with a simple description of a childhood treat. What three flavors does the author mention? What three names does she give for this treat?

_____

_____

Pirulí
Cucurucho de menta,
caviar en punta° de mi primera hambre,   *ending in a point*
primer manjar° de mi niñez sin nada°,   *delicacy / penniless childhood*

The author continues to describe lollipops with more detail. Which flavor does she focus on? What words does she use to express the fact that lollipops were a real treat?

_____

_____

juguete comestible°   *edible toy*
cojeando cojito° por   *limping and lame*
tu única pata° de palillo de dientes°,   *leg / toothpick*
verde muñeco azucarado° indesnudable°   *sugary doll / impossible to undress*
—te devoraba entero
metido en tu barato guardapolvo° de papel—.   *housecoat, duster*

In this section the author creates an elaborate metaphor of the lollipop as an "edible toy," a sort of doll baby. Why is the "doll baby" (i.e., the lollipop) limping and lame? What part of the lollipop corresponds to a doll baby's "cheap housecoat/dress"? Why would the doll/lollipop be "hard to undress"? How would the author consume the lollipop?

_____

_____

Nombre _____ Fecha _____

CA4-18 Comprensión. Lee el poema de Gloria Fuertes y completa las oraciones con las palabras más lógicas.

_____ 1. Cuando la autora era una niña, su dulce favorito era *(was)* _____.

   a. el helado
   b. el chupachup
   c. el chocolate

_____ 2. De todos los sabores *(flavors),* ella prefería _____.

   a. el limón
   b. la fresa
   c. la menta

_____ 3. La autora compara este dulce con _____.

   a. un animal
   b. una persona
   c. un muñeco *(doll)*

_____ 4. La familia de la autora tenía _____.

   a. mucho dinero
   b. poco dinero

¡Vamos a escribir!

CA4-19 Estrategia: Escribir oraciones largas. Although your vocabulary in Spanish may still be rather limited, there are several ways you can maximize what you know in order to write longer, more sophisticated sentences. Read more about this topic in the strategy box below and complete the corresponding practice activities.

Estrategia: *Building longer sentences*

Técnica 1: Elaborar Every complete sentence must have two basic elements: a subject (which indicates who is performing the action) and a verb (which conveys the nature of the action and the time frame). To make sentences longer and more detailed, we can add information about when, where, how, how often, etc.

Basic simple sentence:	Mis amigos y yo desayunamos.
How often?	Mis amigos y yo desayunamos **todos los días.**
Where?	Mis amigos y yo desayunamos todos los días **en la cafetería.**
At what time?	Mis amigos y yo desayunamos todos los días en la cafetería **a las nueve de la mañana.**
How?	Mis amigos y yo desayunamos **rápidamente** todos los días en la cafetería a las nueve de la mañana.
Which one?	Mis amigos y yo desayunamos rápidamente todos los días en la cafetería **de la universidad** a las nueve de la mañana.

Técnica 2: Combinar. Simple sentences contain a single subject and its corresponding verb. Compound sentences are formed by joining two related, simple statements with connectors, as in the following examples.

y *(and)*	Normalmente yo preparo el café **y** mi hermana prepara el pan para nuestro desayuno.
pero *(but)*	A mi hermana le gusta mucho cocinar, **pero** yo prefiero comer en restaurantes.
aunque *(although)*	**Aunque** mi abuela tiene más de 80 años, se levanta todos los días para prepararle el desayuno a mi abuelo.
porque *(because)*	Comemos en restaurantes de comida rápida con frecuencia **porque** no tenemos tiempo para cocinar.
así que *(so)*	Papá no sabe cocinar **así que** mamá prepara casi todas las comidas.

1. Elaborar. Practice writing longer sentences by using your imagination to elaborate on the following sentences.

  a. Basic sentence: Mi hermana cocina...

    What does she cook?   Mi hermana cocina _____.

    How often does she do this?   Mi hermana cocina _____.

    _____

    For whom does she cook?   Mi hermana cocina _____.

    _____

    (Add one more piece of information) Mi hermana cocina _____.

    _____

  b. Basic sentence: Siempre como...

    What do you always eat?   Siempre como _____.

    Where?   Siempre como _____.

    _____

    With whom?   Siempre como _____.

    _____

    (Add one more piece of information) Siempre como _____.

    _____

2. Combinar. Use your imagination to complete the following statements in a logical and interesting way.

  a. Normalmente los sábados por la noche mis amigos y yo vamos a un restaurante mexicano **y** _____

    _____.

  b. A mí me gusta mucho la comida mexicana, **pero** _____

    _____.

c. **Aunque** no sé cocinar muy bien, _____
_____.

d. Muchas veces como en el restaurante Monterrey's **porque** _____
_____.

e. Mañana mis padres y yo vamos a comer en un restaurante elegante **así que** _____
_____.

CA4-20 Un artículo. The Office for International Students at your university is preparing a newsletter in Spanish for incoming students. You have been asked to prepare a short informative article on the dining options available on your campus. As you write your report, do the following:

- Create an effective topic sentence for your paragraph.

- Elaborate, so that at least two of your sentences contain ten or more words.

- Combine related sentences with at least three different connectors.

_____
_____
_____
_____
_____
_____
_____
_____
_____
_____
_____

Phrases: Appreciating food, comparing and contrasting; expressing an opinion; linking ideas; persuading; stating a preference; writing a news item.

Vocabulary: Food: cooking; food: meals; food: restaurant.

Grammar: Adjective placement; adjective positions; comparisons: adjectives; relative pronoun **que**; verbs: use of **gustar**; verbs: use of **ser** & **estar**

Todo oídos

La emisora de radio WSEC 104.5 les presenta...

CA4-21 "El sabor latino". Escucha la entrevista con Pablo Cheng y contesta las preguntas sobre su restaurante Machu Picchu.

TRACK 13

_____ 1. De aperitivo o entrada, el señor Cheng recomienda...

    a. la chaufa de mariscos.

    b. la causa limeña.

    c. un pisco sour.

_____ **2.** Los platos que tienen una variedad de mariscos son...

    a. los choritos a la chalaca y el piqueo especial.

    b. el cau cau y la causa limeña.

    c. el piqueo especial y el cau cau.

_____ **3.** Un plato que tiene mariscos con jamón y pollo es...

    a. el caucau.   **b.** la chaufa.   **c.** el aguadito.

_____ **4.** El restaurante está ubicado en el Paseo Colón entre las avenidas...

    a. 2 y 4.   **b.** 4 y 6.   **c.** 6 y 8.

_____ **5.** El restaurante está abierto todos los días menos el...

    a. domingo.   **b.** lunes.   **c.** martes.

_____ **6.** El restaurante está abierto desde...

    a. las siete de la noche hasta las dos de la madrugada.

    b. las ocho de la noche hasta las dos de la madrugada.

    c. las nueve de la noche hasta las dos de la madrugada.

La pronunciación

TRACK 14

CA4-22 Las letras *c* y *q(u)*. These letters are pronounced in several different ways.

1. When followed by **a, o,** or **u,** the letter **c** has an English *k* sound, as in the English word *kite.* In the combinations **que** and **qui,** the **qu** is also pronounced as a *k* sound, and the **u** is silent. The letter **k,** which is not used frequently in Spanish, has the same sound. Listen and repeat the following words and sentence.

cable	cacao	casa	café
condición	comprar	comunicar	confesión
cualidad	cuando	cuarenta	cuestión
Quito	quién	aquel	kilo

Carlota come en la casa de Carolina cuando cocinan comida cubana.

2. In Latin America, the letter **c** has an **s** sound when followed by **e** or **i.** In Spain, when a **c** is followed by **e** or **i,** it is pronounced like the *th* in the English word *thin.* The letter **z** is also pronounced in this way. Pronounce the following words, using the Latin American pronunciation.

celebrar	celestial	central	cemento
ciencia	gracias	cien	cinco

¿Quién quiere celebrar el cumpleaños de Cecilia?

TRACK 15

CA4-23 Trabalenguas *(Tongue-twister)* **mexicano.** Try the following tongue-twister.

"Col colosal"	*"The Colossal Cabbage"*
¡Qué col colosal colocó el loco	*What a colossal cabbage that crazy man put*
aquel en aquel local!	*in that place!*
¡Qué colosal col colocó en	*(repeats)*
el local aquel, aquel loco!	

La vida estudiantil

CAPÍTULO 5

Paso 1

CA5-1 Las asignaturas. Lee la lista de quince cursos populares en la Universidad del Salvador en Buenos Aires, Argentina. Escoge el área general de estudios al que pertenecen (*Choose the general field of study that each belongs to*) y escríbelo en la columna correspondiente. Usa cada palabra solamente una vez (*one time*). (**Vocabulario temático, págs. 158–159**)

arte	informática	psicología
educación	matemáticas	religión
español	medicina	sociología
geografía	música	teatro
historia	negocios	veterinaria

Título del curso	Área de estudios
1. Topografía aplicada	
2. Exégesis bíblica	
3. Interpretación escénica	
4. Programación y algoritmos	
5. Evaluación y exploración psicológicas	
6. Finanzas internacionales	
7. Piano funcional	
8. Patología	
9. Fisiología animal	
10. Hombre, trabajo y sociedad	
11. Geometría euclídea	
12. Culturas de la América precolonial	
13. Metodología para la educación pre-escolar	
14. Gramática comunicativa I	
15. Expresión gráfica decorativa	

CA5-2 Un mensaje por correo electrónico. Es la primera semana de clase y Carlota le escribe un correo electrónico a su amiga Yensy. Completa el mensaje *(message)* con las palabras más lógicas de la lista. Usa cada palabra solamente una vez. (**Vocabulario temático, págs. 158–159**)

a finales de	carrera	empieza	encanta
graduarme	sé	termina	tomas

De: Carlota <carlotaborras@yahoo.com>
Enviado el: Sábado, 2 de septiembre 9:54 P.M.
Para: Yensy <Yensy45@gmail.com>
Asunto: Saludos

¡Hola, Yensy!

¿Cómo estás? Aquí todo va súper bien. Me (1) _____ mi horario este semestre. Mi primera clase (2) _____ a las diez de la mañana, así que no tengo que levantarme hasta las nueve. Y mi última clase (3) _____ a las cinco y media, lo cual *(which)* me da tiempo para estudiar y para ir al gimnasio antes de cenar.

No (4) _____ si te conté *(I told you)* la gran noticia: cambié mi (5) _____ a negocios. Tengo que recuperar unas asignaturas, así que no voy a (6) _____ el próximo año, como había pensado *(as I had thought)*.

¿A ti cómo te va en todo? ¿Qué clases (7) _____ este semestre? ¿Todavía piensas graduarte (8) _____ noviembre?

Un abrazo muy grande de tu amiga,

Carlota

CA5-3 Opiniones de este semestre. Tus amigos opinan sobre sus clases este semestre. Lee cada oración y decide si la impresión es favorable o desfavorable. Marca (✓) la columa apropiada. (**Vocabulario temático, pág. 162**)

	Impresión favorable ☺	Impresión desfavorable ☹
1. No salí muy bien en el examen de psicología.	_____	_____
2. Me encanta la clase de química orgánica.	_____	_____
3. Mi profesora de biología es muy desorganizada.	_____	_____
4. Las conferencias de historia del arte son pesadas.	_____	_____
5. Saqué una nota muy buena en el último trabajo escrito.	_____	_____
6. Mi clase de ciencias marinas es fascinante.	_____	_____
7. Pienso que la clase de literatura medieval es aburrida.	_____	_____
8. Me va muy bien en mis clases este semestre.	_____	_____

CA5-4 ¿Por qué estudia esa carrera? Completa las siguientes oraciones; escribe el verbo entre paréntesis en el tiempo presente. Incluye el pronombre de complemento indirecto apropiado (**me, te, le, nos** o **les**). (**Estructuras esenciales, pág. 163**)

MODELO   Mi hermana estudia informática porque (encantar) _le encantan_ las computadoras.

1. Ignacio y yo estudiamos periodismo porque (gustar) _____ escribir.

2. Tú estudias veterinaria porque (encantar) _____ los animales, ¿verdad?

3. Verónica estudia biología y química porque (interesar) _____ mucho las ciencias naturales.

4. Tres de mis primos estudian comercio porque (interesar) _____ la economía.

5. Francisco estudia literatura española porque (encantar) _____ las novelas de Cervantes.

6. El próximo año voy a estudiar pedagogía porque (encantar) _____ enseñar a los niños.

CA5-5 Una clase típica. ¿Qué piensan los estudiantes de la clase? Mira el dibujo y escribe cinco oraciones completas. Escribe las opiniones de los estudiantes sobre la clase, el profesor, los exámenes y las conferencias. Usa los verbos como **gustar, encantar, interesar.** (**Estructuras esenciales, pág. 163**)

MODELO   _A Octavio le encanta la clase. Piensa que las conferencias son..._

_____

_____

_____

_____

_____

_____

CA5-6 Las profesiones y los oficios. Lee las descripciones y completa el juego con las palabras correspondientes. (**Vocabulario temático, pág. 165**)

1. Vende casas y terrenos.
   Ⓐ Ⓖ Ⓔ Ⓝ Ⓣ Ⓔ   Ⓓ Ⓔ   ◯ ◯ Ⓔ ◯ Ⓔ ◯   Ⓡ ◯ Ⓘ Ⓒ ◯ ◯

2. Estudió derecho; trabaja en las cortes, a veces en casos criminales, y a veces en casos civiles.
   ◯ ◯ ◯ Ⓖ ◯ ◯ ◯

3. Es profesora en una escuela primaria.
   ◯ ◯ Ⓔ ◯ ◯ Ⓡ ◯

4. Escribe artículos para revistas.
   ◯ Ⓔ ◯ ◯ ◯ Ⓓ ◯ ◯ ◯ ◯

5. Hace trabajos manuales, en construcción o en las fábricas (*factories*).
   Ⓞ ◯ ◯ ◯ ◯ Ⓞ

6. Es representante de una compañía y vende sus productos.
   Ⓥ ◯ ◯ ◯ ◯ Ⓓ ◯ ◯

7. Trabaja en la administración de una tienda o compañía.
   ◯ Ⓔ ◯ ◯ ◯ Ⓣ ◯

8. Ayuda a sus clientes con sus problemas personales o familiares.
   ◯ Ⓢ Ⓘ ◯ ◯ ◯ ◯ ◯ ◯

9. Cultiva frutas y vegetales.
   ◯ Ⓖ ◯ ◯ Ⓒ ◯ ◯ ◯ Ⓡ

10. Trabaja con las cuentas y las finanzas de una compañía.
    Ⓒ Ⓞ ◯ ◯ ◯ ◯ ◯ ◯

CA5-7 El futuro de Rolando. A Cristina le interesa el futuro de su primo Rolando. Completa su conversación con las frases verbales más lógicas de la lista. **¡Ojo!** Tienes que conjugar el primer verbo de cada frase verbal. (**Estructuras esenciales, pág. 166**)

esperar trabajar	gustar buscar	ir a hacer
pensar estudiar	pensar graduarte	querer ser

CRISTINA: Rolando, ¿cuándo (1)_____?

ROLANDO: El próximo año si Dios quiere (*God willing*) me gradúo de la universidad.

CRISTINA: ¿(2) _____ estudios de postgrado?

ROLANDO: Sí. (3) _____ derecho en Harvard.

CRISTINA: ¿(4)_____ para una compañía multinacional?

ROLANDO: No, al contrario. (5)_____ empleo en una agencia de protección del consumidor.

CRISTINA: Y en veinte años, ¿a qué te quieres dedicar?

ROLANDO: (6)_____ congresista o senador.

CA5-8 Mis planes para el futuro. Acabas de recibir un mensaje *(message)* importante de tus padres. En el mensaje, tus padres expresan su preocupación por tus planes para el futuro. ¿Cómo les contestas? Lee el mensaje y escribe tu respuesta. (**Vocabulario temático, pág. 165**)

> Ya que has pasado casi un año en la universidad, esperamos que tengas una idea más clara *(a better idea)* de tus planes para el futuro. Tu mamá y yo creemos que es muy importante que escojas *(that you pick)* tu carrera muy pronto. ¡Bien sabes que es muy caro asistir a la universidad! Así que, por favor, en tu próxima carta, cuéntanos *(tell us)* un poco sobre lo que has decidido hacer —cuál va a ser tu carrera, qué planes tienes con respecto a una profesión— en fin, qué quieres hacer con la vida.

Queridos padres:

_____

_____

_____

_____

_____

_____

Paso 2

CA5-9 El día de Gabriel. Lee el párrafo que Gabriel escribió sobre sus actividades ayer. Usa la información en el párrafo para decidir si las oraciones a continuación son ciertas *(true)* o falsas *(false)*. Marca (✓) la columna apropiada. (**Vocabulario temático, pág. 169**)

> Ayer, me levanté a las siete de la mañana. Me duché y me vestí. A las ocho, desayuné con mis amigos. Asistí a dos clases por la mañana. Al mediodía, almorcé con mi familia. Por la tarde, asistí a un laboratorio. A las cuatro de la tarde, estudié en la biblioteca por dos horas. A las siete y media de la noche, salí con mis amigos y nos divertimos. Regresé a casa a las once de la noche. Miré un poco de televisión y me acosté.

		Cierto	Falso
1.	Primero se levantó y luego miró un poco de televisión.	_____	_____
2.	Después de vestirse, desayunó con sus amigos.	_____	_____
3.	Asistió a un laboratorio y entonces almorzó.	_____	_____
4.	Antes de asistir a dos clases, estudió por dos horas.	_____	_____
5.	Salió y se divirtió con sus amigos, y más tarde, fue a la biblioteca.	_____	_____
6.	Se acostó después de mirar la televisión.	_____	_____

CA5-10 Un día fabuloso. Completa el diario de Ana Lorena con el pretérito de los verbos entre paréntesis. **(Gramática, págs. 171–172)**

Querido diario:

Ayer fue un día fabuloso. Normalmente me gusta dormir hasta tarde los sábados, pero ayer

(**1.** yo / levantarse) _____ a las ocho y media, llena de *(full of)* energía. (**2.** Yo / desayunar)

_____ con mi compañera de cuarto y (**3.** nosotras / salir) _____ de la

residencia a las diez. Primero, (**4.** nosotras / jugar) _____ al tenis por dos horas. Luego,

unos amigos (**5.** llegar) _____ y nos (**6.** invitar) _____ a almorzar con

ellos. (**7.** Nosotros / comer) _____ unos platos muy ricos y exóticos en un restaurante

chino. Después, (**8.** nosotros / decidir) _____ ir al cine. Más tarde, mi compañera y yo

(**9.** volver) _____ a la residencia. Entonces (**10.** yo / ducharse) _____ y

(**11.** vestirse) _____ para ir a un club. Mi novio (**12.** llegar) _____ a las

once y fuimos a la famosa discoteca La Cabaña, donde (**13.** nosotros / bailar) _____ toda

la noche. ¡Qué día más divertido!

CA5-11 Ayer fue diferente. El profesor Bolaños siempre hace lo mismo *(the same thing)* pero ayer fue un día diferente. ¿Por qué? Completa las oraciones; escribe el verbo en el tiempo pretérito. **(Gramática, págs. 171–172)**

MODELO   El profesor Bolaños siempre se levanta a las seis de la mañana pero ayer *se levantó* a las nueve.

1. El profesor Bolaños siempre se afeita por la mañana pero ayer no _____.

2. Él siempre come cereal en el desayuno pero ayer _____ dos huevos fritos.

3. Él siempre escucha la radio pública mientras conduce a la universidad pero ayer _____ un CD de música romántica.

4. Los estudiantes de su clase de español siempre salen tarde (porque el profesor Bolaños habla mucho) pero ayer todos _____ temprano.

5. Yo, su asistente, siempre recibo diez o doce correos electrónicos por día del profesor Bolaños pero ayer solamente _____ uno.

6. ¿Por qué actuó diferente ayer el profesor Bolaños? Él conoce a muchas personas pero anteayer _____ a su futura esposa. ¡El profesor Bolaños está enamorado *(in love)*!

CA5-12 Una conversación con abuelita. Osvaldo le cuenta a su abuela sobre el estupendo fin de semana que tuvo. Usa la información de los dibujos (en la página 84) y los verbos de la lista para completar su parte de la conversación. Escribe oraciones completas con los verbos en el pretérito. Usa cada verbo una vez. **(Gramática, págs. 174–175)**

almorzar	divertirse	empezar	jugar
leer	llegar	practicar	tocar

ABUELITA: ¿Te divertiste mucho ayer, hijo?

OSVALDO: (**1**) Sí, abuela, _____ muchísimo.

ABUELITA: ¿Qué hiciste *(did you do)* por la mañana?

OSVALDO: (**2**) Primero, a las diez, (yo) _____ al fútbol con mis amigos.

ABUELITA: Siempre con el fútbol, ¿eh? ¿Almorzaste en casa?

OSVALDO: **(3)** No, después del partido (yo) _____ en un restaurante de pizza con el equipo.

ABUELITA: Eso me sorprende un poco. ¿No saliste con tu amiga Silvia?

OSVALDO: **(4)** Sí, (yo) _____ al tenis con ella a las cuatro de la tarde.

ABUELITA: ¡Qué bien! Creo que ella es una chica fenomenal. ¿Llegaste a casa muy tarde?

OSVALDO: **(5)** No, no muy tarde. (Yo) _____ a casa antes de las ocho.

ABUELITA: Tu recital de piano es la próxima semana, ¿no? ¿Tuviste *(Did you have)* tiempo de tocar un poco?

OSVALDO: **(6)** ¡Claro que sí! (Yo) _____ por dos horas.

ABUELITA: Tu dedicación es realmente impresionante. Bueno, ¿qué más hiciste?

OSVALDO: **(7)** Bueno, antes de acostarme, (yo) _____ un poco del último libro de Ana María Shua.

ABUELITA: Ya veo que tuviste un día muy ocupado. Espero que puedas descansar hoy.

CA5-13 Una fiesta divertida. Marilú le escribió a su madre sobre una fiesta de la universidad. Escribe los verbos entre paréntesis en el tiempo pretérito para completar el correo electrónico. **(Gramática, págs. 174–175)**

De: Marilú Romero
Enviado el: Lunes, 19 de agosto 04:42 P.M.
Para: V_Romero22@hotmail.com
Asunto: Fiesta de Inicio

Querida mamá;

Te escribo porque tú me **(1)** _____ (pedir) que te contara *(tell)* sobre la Fiesta de Inicio *(beginning of year)*. ¡Pues fue muy buena! El tema *(theme)* de la fiesta de este año fue Circus UAP.

Todos los estudiantes **(2)** _____ (vestirse) de personajes de circo. En una carpa *(tent)*, una banda tocó música. En otra carpa, unos payasos *(clowns)* **(3)** _____ (servir) comida. En la tercera carpa, había juegos. El concurso *(contest)* más popular fue "disfraza *(dress up)* a tu mascota".

¡Todos se **(4)** _____ (morir) de risa *(died of laughter)* cuando vieron a una serpiente en pijama! Más de mil estudiantes **(5)** _____ (divertirse) a lo grande. Este evento definitivamente **(6)** _____ (servir) para fortalecer *(strengthen)* la comunidad universitaria. Mañana te mando fotos, ¿de acuerdo?

Un abrazo,

Marilú

CA5-14 Un fin de semana divertido. Después de los exámenes finales, Rosario y sus amigos hicieron una pequeña excursión. **(Gramática, págs. 174–175)**

Primera parte: Lee la carta que Rosario escribió a sus tíos. Identifica y subraya *(underline)* ejemplos de los siguientes verbos: **divertirse, vestirse, pedir, dormirse, conseguir.**

---

20 de noviembre

Queridos tíos:

Hace tiempo que no les escribo, pero ya saben cómo es la vida estudiantil. La semana pasada tuvimos exámenes finales. Creo que saqué buenas notas en todas mis asignaturas. Para celebrar, mis amigos y yo hicimos una pequeña excursión. ¡Nos divertimos muchísimo!

El domingo por la mañana me levanté muy temprano. Me vestí rápidamente y apenas *(barely)* tuve tiempo para desayunar cuando mis amigos Carla, Roberto y Luis pasaron por mí en su carro. Llegamos a la playa a las ocho y media. Jugamos al vóleibol y nadamos *(we swam)* en el mar. Un poco más tarde, almorzamos en un pequeño restaurante. Pedimos camarones y langosta y todo estuvo delicioso. Después de comer, volvimos a la playa. Roberto y Luis se durmieron en el sol, pero Carla y yo hablamos y escuchamos música. Por la noche, conseguimos boletos *(tickets)* para un concierto. Después, volvimos a casa y me acosté, muy cansada, pero también muy contenta.

¿Cómo están Uds.? Espero que se encuentren bien. Vamos a reunirnos muy pronto, para la Navidad, ¿no? ¡Qué ilusión!

Muchos besos y abrazos muy fuertes de su sobrina,

Rosario

Segunda parte: Completa el resumen *(summary)* con los verbos más lógicos de la lista. Escribe los verbos en el pretérito.

conseguir (i) **dormirse (u)** **servir (i)**

divertirse (i) **pedir (i)** **vestirse (i)**

1. El fin de semana pasado, Rosario y sus amigos _____ mucho.

2. El domingo por la mañana, Rosario se levantó temprano y _____ rápidamente. Luego, fue con sus amigos a la playa.

3. Rosario y sus amigos pasaron la mañana en la playa. Después, almorzaron en un pequeño restaurante donde todos _____ platos de mariscos.

4. Después de almorzar, volvieron a la playa. Rosario y Carla hablaron y escucharon música, pero Roberto y Luis _____ en el sol.

5. Por la noche, Rosario y sus amigos _____ boletos para un concierto. Y por último, volvieron a casa.

CA5-15 El sábado. ¿Qué hiciste el sábado pasado? Para describir tus actividades, usa el pretérito de los verbos de la columna A. También, usa las expresiones de la columna B para indicar el orden cronológico. Escribe un mínimo de siete oraciones completas. (**Gramática, págs. 174–175**)

Columna A		Columna B	
levantarse	divertirse	primero	por la tarde
ducharse / bañarse	mirar	luego	por la noche
vestirse	escuchar	antes de	entonces
comer	leer	después de	
estudiar	acostarse	más tarde	
trabajar	salir		

El sábado fue un día (bueno / malo / aburrido / divertido). Primero... _____

_____

_____

_____

_____

_____

_____

_____

Paso 3

CA5-16 La excursión. ¿Cómo fue la excursión de Carolina? Completa la descripción con las palabras más lógicas de la lista. (**Vocabulario temático, pág. 177**)

animales acuáticos   **costa**   **excursión**   **recolectar**

centro acuático   **directora**   **pudimos**   **trajo**

El fin de semana pasado, mis compañeros y yo hicimos una excursión a la (**1**) _____ para nuestra clase de ciencias marinas. Cuando llegamos al (**2**) _____, fuimos directamente al observatorio. ¡Fue realmente impresionante observar la gran variedad de (**3**)_____. La (**4**) _____ del centro dio una presentación fascinante sobre el impacto de la contaminación sobre la vida marina. Más tarde, fuimos al laboratorio para hacer experimentos y (**5**) _____ datos para nuestros proyectos. A la hora del almuerzo, nuestro profesor nos (**6**) _____ unos sándwiches e hicimos todos un picnic en la playa. Después de comer volvimos al observatorio, donde (**7**) _____ ver varios delfines (*dolphins*). Me gustó tanto la (**8**) _____ que ahora quiero cambiar mi carrera a ciencias marinas.

CA5-17 Una estudiante de primer año. La señora Benigno está preocupada por su hija, quien está en el primer año de estudios. Completa su conversación; escribe los verbos en el pretérito. (**Gramática, págs. 179–180**)

SRA. BENIGNO: ¿Qué (tú: hacer) (**1**) _____ anoche? No (tú: estar) (**2**) _____ en tu cuarto, ¿verdad?

SUSANA: No, (yo: ir) (**3**) _____ la biblioteca. (Yo: tener) (**4**) _____ que hacer la investigación para un proyecto. No (yo: poder) (**5**) _____ volver a la residencia hasta las once y media.

SRA. BENIGNO: ¿(Tú: tener) (**6**) _____ que estudiar mucho el fin de semana pasado también?

SUSANA: Sí. El sábado (yo; hacer) (**7**) _____ tarea casi todo el día. Luego, por la noche, unos amigos (dar) (**8**) _____ una pequeña fiesta.

SRA. BENIGNO: ¿(Ser) (**9**) _____ divertida la fiesta?

SUSANA: Sí, mucho. Uno de los chicos (traer) (**10**) _____ su guitarra y cantamos. Y el domingo Mónica y Guillermo (venir) (**11**) _____ a mi residencia y nos divertimos mucho hablando.

CA5-18 Una excursión a la playa. Un compañero de biología describe una excursión a la playa. Completa cada oración con un verbo de la lista. Escríbelo en el tiempo pretérito. (**Gramática, págs. 179–180**)

conducir	hacer	querer	traer
decir	poner	saber	ver

1. El jueves pasado, nuestra clase de biología _____ una excursión a la playa.

2. El profesor _____: «Vamos a recolectar e identificar moluscos y crustáceos».

3. Mariano y yo queríamos acampar en la playa pero las muchachas no _____.

4. Salimos temprano. Yo _____ un carro y llevé a cuatro compañeros.

5. El profesor _____ muchas palas, cubos y lupas (*shovels, pails and magnifying glasses*).

6. Tú _____ un organismo verde y gordo. Yo lo _____ en el cubo (*pail*) para estudiarlo.

7. El animal saltó (*jumped*) del cubo; nosotros nunca _____ qué especie era (*it was*).

CA5-19 ¿Bueno, malo o regular? Los dibujos (en las páginas 87–88) representan una semana en la vida de Raúl, un estudiante universitario. Para cada día, escribe en el pretérito dos o tres oraciones que describan lo que pasó. Primero, indica si el día fue bueno, malo o regular. Después, explica qué hizo. (**Gramática, págs. 179–180**)

MODELO *El lunes fue un día malo. Raúl se levantó a las diez y cuarto y llegó tarde al laboratorio de química.*

lunes

1.

martes

_____
_____
_____
_____
_____

2.

_____
_____
_____
_____
_____

miércoles

3.

jueves

_____
_____
_____
_____

4.

_____
_____
_____
_____

viernes

5.

**sábado y
domingo**

_____
_____
_____
_____
_____

CA5-20 Una entrevista de trabajo. Antonio Lacalle está en una entrevista de trabajo. Completa la conversación con los verbos entre paréntesis. Escribe los verbos en el presente, en el pretérito o en el futuro, según (*according to*) el contexto. Para el futuro, usa la expresión **esperar** + infinitivo. **(Gramática, págs. 182–183)**

ANTONIO: Gracias por otorgarme (*grant me*) esta entrevista, Sra. Mora.

SRA. MORA: Gracias por venir, Antonio. Cuando (yo) **(1)** _____ (recibir) su currículum vitae

la semana pasada, quise entrevistarle de inmediato. Veo que se **(2)** _____

(graduar) el año pasado con honores.

ANTONIO: Sí, y ahora **(3)** _____ (trabajar) para el Banco Comercial.

SRA. MORA: ¿Por qué no quiere seguir trabajando allí?

ANTONIO: Bueno, hace dos meses un banco suizo **(4)** _____ (comprar) Banco Comercial

y tengo miedo que mi posición desaparezca (*will disappear*).

SRA. MORA: Entiendo. ¿Puede describir un día típico en su trabajo?

ANTONIO: Normalmente (yo) **(5)** _____ (llegar) a la oficina a las ocho de la mañana y

(6) _____ (pasar) el día hablando con los clientes.

SRA. MORA: En diez años, ¿qué **(7)** _____ (ser)?

ANTONIO: Vicepresidente de la compañía.

SRA. MORA: Es ambicioso, muy bien. ¿Qué otras cualidades tiene?

ANTONIO: Soy muy bueno con las personas. También hablo japonés. Hace cinco años

(8) _____ (ir) a Tokio como estudiante de intercambio.

SRA. MORA: Impresionante. Estoy segura que la junta directiva (*director's board*) lo contrará (*will hire you*).

ANTONIO: Muchas gracias, Sra. Mora. **(9)** _____ (comenzar) el nuevo trabajo el próximo mes.

CA5-21 Mi diario. Escribe en tu diario e incluye la siguiente información. **(Gramática, págs. 182–183)**

- 3–4 oraciones sobre el día de hoy. (¿Fue un día bueno o malo? ¿Qué hiciste?)

- 3–4 oraciones sobre tus planes para mañana. (¿Qué vas a hacer? ¿Qué obligaciones o responsabilidades tienes?)

Un paso más
Panorama cultural

CA5-22 ¿Qué recuerdas? Lee la información sobre Argentina en la sección **Panorama cultural** de tu libro de texto *Puentes*. Después, completa la tabla con la información más lógica. *(Note: For the column on the United States, consult a reliable website or use information you have learned in other classes.)* (**Panorama cultural, págs. 188–189**)

	Argentina	**Los Estados Unidos**
1. Países de origen de inmigrantes		
2. Importantes productos agrícolas *(agricultural)*		
3. Una actividad social entre amigos		
4. Un(a) escritor(a) de fama internacional		
5. Un(a) jugador(a) extraordinario(a) de fútbol		
6. Una mujer con un cargo *(position)* importante en el gobierno		

CA5-23 Imágenes de Argentina. Antes de mirar el vídeo sobre Argentina, completa las oraciones con las palabras más lógicas de la lista.

barrios *neighborhoods*   **centenario** *centennial*

bonarenses *inhabitants of Buenos Aires*   **derechos** *rights*

calurosos *hot*   **discursos** *speeches*

Cámaras *Chambers*   **marcadas** *distinct*

1. Buenos Aires está dividida en 48 _____, entre ellos, La Boca y San Telmo.

2. Los meses más _____ de Buenos Aires son diciembre, enero y febrero.

3. En verano, los _____ salen a las calles para divertirse.

4. El famoso Obelisco conmemora *(commemorates)* el cuarto _____ de la fundación *(founding)* de Buenos Aires.

5. Desde la Casa Rosada se han pronunciado famosos _____ políticos.

6. El Congreso Nacional alberga *(houses)* las _____ de Diputados *(Deputies)* y Senadores.

7. Hoy, la Plaza de Mayo es donde los argentinos se reúnen en pro los _____ humanos.

8. A Buenos Aires se le dice "el París de Sudamérica" porque tiene _____ influencias culturales de Europa.

¡Vamos a leer!

Lectura A: Cómo afrontar el estrés académico

The following article gives good advice on how to deal with academic stress. As you read it, you will practice understanding long sentences.

Cómo afrontar° el estrés académico

face

Para muchos, la vida estudiantil, con todas las obligaciones y responsabilidades que ella implica,° puede ser una situación estresante,° especialmente en el primer año. El estudiante debe acostumbrarse al sistema universitario, los requisitos° de la carrera, las demandas de los profesores, estar lejos de la familia, hacerse cargo de su economía, compartir habitación o apartamento, y en fin, enfrentarse° a una multiplicidad de situaciones nuevas. Es poco sorprendente entonces que muchos estudiantes sientan estrés: alteraciones emocionales y físicas, como ansiedad, irritabilidad, insomnio y dolores de cabeza.°

implies / stressful

requirements

confront

A continuación te ofrecemos algunas estrategias para afrontar las situaciones que generan estrés:

dolores...headaches

- **Duerme.** Muy importante para el bienestar° físico y emocional es el dormir siete a ocho horas diarias. Si no puedes dormir suficiente por la noche, haz una siesta durante el día.

- **Come bien.** Una dieta saludable° influye° favorablemente en la tolerancia del estrés. Cereales integrales, por ejemplo, contienen nutrientes antiestrés como zinc y magnesio. Evita° abusos de alcohol y cafeína.

- **Haz ejercicio.** Practicar un deporte, caminar o nadar es una manera° excelente para eliminar tensiones. El ejercicio también libera° endorfinas que te hacen sentir feliz.

way

frees

- **Conversa.** Habla con tus amigos o parientes y expresa tus emociones. Esto te ayudará a liberar las "energías negativas". Ellos también pueden ayudarte a mantener las cosas en perspectiva.

- **Ordena tu espacio.** Limpia tu cuarto y arregla tu escritorio. No ver montones° de papeles y ropa sucia te ayudará a trabajar y descansar mejor.

piles

- **Ríete.°** Dicen los expertos que la risa° es muy saludable porque liberas adrenalina y endorfinas, eliminas toxinas y aumentas° la oxigenación.

Laugh / laughter

increase

well-being

No podemos evitar° por completo el estrés porque es parte de nuestra vida estudiantil. El desafío° consiste en enfrentar° las situaciones estresantes de la manera más saludable posible. En otras palabras, si° duermes bien, comes una dieta balanceada, haces ejercicio y equilibras la vida académica y social, te puedes afrontar° mejor ante situaciones difíciles.

avoid

challenge / confront

healthy / influence

if

face

Avoid

CA5-24 Estrategia: Entender oraciones largas. As you encounter more complicated readings, you will need to learn how to understand long sentences. Even though long sentences are harder to process than short ones, you have the ability to break them down into their main parts. Read more about this strategy on the next page and then answer the questions about the article "Cómo afrontar el estrés académico."

Estrategia: *Understanding a long sentence*

In order to better understand a long sentence in Spanish, it helps to first identify its basic components: subject and verb. Here are some tips to help you do this.

- First examine the sentence and find the main verb. This is the most important part of the sentence; it shows action or state of being. Then ask who? or what? The answer is the subject. In the following sentence, the subject is underlined once and the verb is underlined twice.

Para muchos, <u>la vida estudiantil</u>, con todas las obligaciones y responsabilidades que ella implica, <u>puede ser</u> una situación estresante, especialmente en el primer año.

- Word order in Spanish is rather flexible. Although the subject usually precedes the verb, it can also follow it. In the following sentence, the subject (underlined once) comes after the verb (underlined twice).

<u>Dicen</u> <u>los expertos</u> que la risa es muy saludable...

- Oftentimes, the subject is understood rather than stated, especially if the subject is a personal pronoun. In the following sentence, the understood subject is **nosotros.**

No <u>podemos</u> evitar por completo el estrés porque es parte de nuestra vida estudiantil.

- Don't confuse the subjects with direct and indirect object pronouns (**me, te, nos, le, les, lo, los, la, las**). In the following sentence, the understood subject is **nosotros; te** is an indirect object meaning "to you."

A continuación te <u>ofrecemos</u> algunas estrategias...

- Some sentences have more than one subject and one verb. These sentences, called compound sentences, have conjunctions (**y, o, pero, porque,** etc.). In the following sentence, there are two main verbs and two understood subjects (**tú**).

<u>Limpia</u> tu cuarto y <u>arregla</u> tu escritorio.

- In Spanish, infinitives may be used as nouns, and therefore, as subjects. This usage is the equivalent of the English gerund (*-ing* form).

<u>Practicar un deporte, caminar</u> o <u>nadar es</u> una manera excelente para eliminar tensiones.

_____ 1. What is the main idea of the first sentence "¿Cómo afrontar el estrés académico"?

    a. A first-year student has more responsibilities.

    b. Being a student implies having obligations.

    c. Academic life can be stressful.

_____ 2. What is the subject of the following sentence?

Muy importante para el bienestar (*well-being*) físicio y emocional es el dormir siete a ocho horas diarias.

    a. Muy importante

    b. el bienestar físico y emocional

    c. el dormir siete a ocho horas diarias

_____ **3.** What is the understood subject of the following sentence?

Evita *(Avoid)* abusos de alcohol y cafeína.

a. yo

b. tú

c. nosotros

_____ **4.** What is (are) the main verb(s) of the following sentence?

Habla con tus amigos o parientes y expresa tus emociones.

a. Habla

b. expresa

c. Habla; expresa

_____ **5.** What is (are) the subject(s) of the following sentence?

No ver montones *(piles)* de papeles y ropa sucia te ayudará a trabajar y descansar mejor.

a. No ver montones de papeles y ropa sucia

b. te

c. trabajar; descansar

_____ **6.** What does the main verb of the last sentence of "Cómo afrontar el estrés académico" mean?

a. sleep, eat, exercise

b. balance your academic and social life

c. you can face

Lectura B: "Las estatuas"

The **micro-cuento** "Las estatuas" was written by Enrique Anderson Imbert (1910–2000). This important Argentinean author and literary critic began publishing his stories and essays at the age of 16 and went on to become a noted professor of Hispanic Literature at the University of Michigan and Harvard University. In this story, from the anthology *El gato de Cheshire,* a student in a girls' school decides to play a practical joke on her teachers and classmates.

CA5-25. "Las estatuas". As you read the story "Las estatuas," (on page 94), complete the answers to the study-guide questions in English.

Enrique Anderson Imbert
Las estatuas

En el jardín de Brighton, colegio de señoritas, hay dos estatuas: la de la fundadora° y la del profesor más famoso.

founder

What kind of school does the protagonist attend? Whom do the two statues in the garden represent?

_____

_____

Cierta noche —todo el colegio, dormido°— una estudiante traviesa° salió a escondidas° de su dormitorio y pintó sobre el suelo,° entre ambos pedestales, huellas de pasos°: leves pasos de mujer, decididos pasos de° hombre que se encuentran en la glorieta° y se hacen el amor° a la hora de los fantasmas.

asleep
mischievous / salió... sneaked out
ground
huellas... footprints
se... come together in the arbor
se... make love

When does the protagonist prepare her practical joke? What did she paint on the ground? What does she wish to imply about the two statues and the people they represent?

_____

_____

Después se retiró con el mismo sigilo regodeándose° por adelantado.° A esperar que el jardín se llene de gente. ¡Las caras que pondrían!

taking delight
por... in anticipation

What does the protagonist do after finishing her preparations? What does she expect will happen in the morning?

_____

_____

Cuando al día siguiente fue a gozar la broma° vio que las huellas habían sido lavadas y restregadas°: algo sucias de pintura le quedaron las manos° a la estatua de la señorita fundadora.

gozar... to enjoy the joke
scrubbed clean
hands

When the girl goes to the garden in the morning, what has happened to the footsteps? In what way is one of the statues now different?

_____

_____

CA5-26 Comprensión. Lee el cuento "Las estatuas" e indica si las siguientes oraciones son ciertas (**C**) o falsas (**F**).

_____**1.** Brighton es una escuela solamente para chicas.

_____**2.** Las estatuas en el jardín representan a los dos fundadores del colegio.

_____**3.** La estudiante traviesa quiere hacer una broma.

_____**4.** La estudiante pinta unas huellas mientras *(while)* las otras estudiantes están en clase.

_____**5.** Las huellas sugieren *(suggest)* una relación íntima entre las dos estatuas.

_____**6.** El próximo día, todas las estudiantes están sorprendidas *(surprised)* de ver las huellas.

_____**7.** La estudiante traviesa observa que hay pintura en las manos de la estatua de la fundadora.

¡Vamos a escribir!

CA5-27 Estrategia: Desarrollar la cohesión. To communicate your ideas more clearly in Spanish, it is important to create paragraphs that are fully developed, unified, and coherent. In **Capítulo 3,** you learned that one key feature of an effective paragraph is a strong topic sentence. Read the tips about more ways to develop cohesion and then complete the activities.

Estrategia: *Developing cohesion*

Técnica 1: Los conectores. Connecting words serve different functions. For example, they can be used to sequence key ideas, to explain causes, or to describe consequences.

- To order a series of points:

primero	*first*	¿Cómo tener éxito? **Primero,** es necesario asistir a clase.
segundo	*secondly, second*	**Segundo,** es importante estudiar todos los días.
también	*also*	**También** es esencial hacer la tarea.
además	*additionally*	Es importante **además** tomar buenos apuntes.
finalmente /	*finally*	**Finalmente/Por último,** es necesario hacer el
por último		trabajo a tiempo.

- To explain causes:

porque	*because*	Quiero estudiar español **porque** me gustaría trabajar en Argentina.
ya que	*since*	**Ya que** necesito hablar muy bien el español, pienso estudiar en el extranjero.
debido a	*on account of*	**Debido al** alto costo de los programas de estudio, voy a trabajar este verano.

- To express consequences:

así que	*so*	Mañana tengo examen, **así que** voy a estudiar.
por eso	*for that reason, that's why*	El examen va a ser difícil; **por eso,** pienso estudiar por varias horas.
por lo tanto	*consequently*	El profesor tiene fama de ser muy quisquilloso. **Por lo tanto,** tengo que memorizar muchos datos.

Técnica 2: Los ejemplos. Your reader will understand your thoughts more completely if you add concrete examples to your paragraph. The following words are used to introduce examples.

por ejemplo	*for example*	En la clase de ciencias, hacemos muchas excursiones. **Por ejemplo**, este fin de semana vamos a Bariloche.
como	*like, as*	Quiero estudiar más ciencias, **como** la química o la biología.
tales como	*such as*	En la clase de cinematografía, vamos a mirar películas argentinas, **tales como** *Nueve reinas* y *El hijo de la novia*.

1. **Los conectores.** Sara is studying abroad in Argentina. Here is part of the letter she writes home. As you read her message, select the best connecting word in each case.

Tengo que contarte muchas cosas acerca de mis experiencias en Argentina. Como sabes, quiero perfeccionar mis conocimientos del español, y (**a.** por eso / segundo), estoy viviendo con una familia argentina. Mis nuevos "papás" me están ayudando mucho con esta meta *(goal)*. Siempre intentan hablar un poco más despacio (**b.** también / porque) saben que todavía no comprendo bien el español. (**c.** Además / Así que), me están enseñando muchas expresiones coloquiales. Los otros miembros de la familia son simpáticos (**d.** por lo tanto / también). Casi todos los días mi nueva "hermana" Penélope me lleva a algún sitio de interés turístico. Mañana, por ejemplo, vamos al centro histórico de Buenos Aires. (**e.** Primero / Debido a), pensamos ver los monumentos históricos y las plazas principales. Luego, iremos a comer en algún restaurante típico y (**f.** por último / ya que) haremos un tour de la Casa Rosada. Va a ser muy divertido, ¿no?

2. **Los ejemplos.** Complete the following sentences with specific examples from your life. Circle the connectors used to introduce your examples.

a. Siempre estoy muy ocupado(a). Esta semana, por ejemplo, _____

_____.

b. Para relajarme, me gustaría hacer algo diferente este fin de semana, como _____

_____.

c. A veces, para practicar el español, escucho la música de varios artistas hispanos, tales como _____

_____.

CA5-28 Nuestra universidad. Your university is preparing a packet of orientation materials for new students from Spain and Latin America. You have been asked to write in Spanish a profile of the city/town where your university is located and to explain how it is an ideal setting in which to live and study. Follow these guidelines as you write this article:

- Begin with a clear topic sentence.

- Sequence the supporting statements or reasons with appropriate connectors.

- Provide several concrete examples for your ideas and use appropriate words to introduce them.

_____

_____

_____

_____

_____

_____

_____

_____

_____

_____

_____

Phrases: comparing and contrasting; describing places; expressing distance; linking ideas; making transitions; persuading; weighing alternatives; weighing the evidence; writing a conclusion; writing an introduction.

Vocabualry: arts; banking; city; direction & distance; food: restaurants; geography; leisure; means of transportation; monuments; stores.

Grammar: adjective agreement; adjective position; and/or; but; comparisons; verbs: present; verbs: uses of **ser** & **estar**.

Todo oídos

La emisora de radio WSEC 104.5 les presenta...

TRACK 16   **CA5-29 "En la comunidad".** Escucha la entrevista con el doctor Antonio Padilla en el programa "En la comunidad". Luego, contesta las preguntas.

_____ 1. El Dr. Padilla es _____.

     a. decano de estudiantes

     b. director de estudiantes

     c. director de admisiones

_____ 2. La Universidad Internacional tiene alrededor de _____.

     a. 10 000 estudiantes

     b. 11 000 estudiantes

     c. 12 000 estudiantes

_____ **3.** ¿Cuál de los documentos siguientes NO es necesario para ingresar en la Universidad?

   a. un diploma de una escuela superior

   b. una certificación de las materias aprobadas y de las notas que sacó

   c. una carta de recomendación de un maestro en su escuela superior

_____ **4.** El problema de Melba es que su hijo Luis _____.

   a. quiere estudiar en una universidad muy cara

   b. no estudia y saca malas notas

   c. no quiere vivir tan lejos de sus padres

_____ **5.** Según el Dr. Padilla, Luis necesita _____.

   a. una carta de su decano

   b. trabajar por un año

   c. vivir en su propio apartamento por un tiempo

_____ **6.** El problema de Eduardo tiene que ver con _____.

   a. la falta *(lack)* de interés de su hija Pilar

   b. la falta de habilidad de su hija Pilar

   c. la falta de dinero para pagar la universidad

La pronunciación

CA5-30 La consonante j. The letter **j** is pronounced like the strong English *h* in the word *hope*. Listen and repeat each word.
TRACK 17

jalapeño	jirafa	pájaro
jornal	jovial	judicial

José y Juana van a jugar al jai alai en Jalisco.

CA5-31 La consonante h. The letter **h** is always silent in Spanish. Listen and repeat each word.
TRACK 18

hacienda	helicóptero	hepatitis
hernia	historia	honesto

Héctor y Hortensia hacen helado en el hotel.

CA5-32 La consonante x. The letter **x** has several pronunciations.
TRACK 19

1. When an **x** appears before a consonant, as in the word **extraer**, it is often pronounced like the *s* in the word *sir*. Listen and repeat each word.

excepto	extra	extensión
exterior	exportar	expresión

2. When an **x** appears between vowels, as in the word **exótico**, it sounds like the combination *ks*. Listen and repeat each word or sentence.

flexible	laxante	oxígeno
exacto	exilio	éxito

Los excéntricos exhíben cosas exóticas.

3. The words **Mexico** and **Texas** are written with an *x* in English, but in Spanish they may be written either with an **x** or a **j** (**Méjico** and **Tejas**) and the sound is pronounced like a Spanish **j**.

Nombre _Dylan Hughes_ Fecha _8/29/12_

De compras

Paso 1

CA6-1 Mal vestidos. Estas cuatro personas están muy mal vestidas. Lee cada oración e indica a quién describe. Escribe **Teresa, Antonio, Gloria** o **Guillermo** en el espacio en blanco. Si no describe a ninguno (none) de los cuatro, escribe **ninguno**. (Vocabulario temático, págs. 194–195)

Teresa   Antonio   Gloria   Guillermo

1. Lleva un traje de baño de rayas. _Guillermo_

2. Lleva un vestido estampado. _~~Gloria~~ ninguno_

3. Lleva zapatos y pantalones cortos. _antonio_

4. Lleva calcetines altos y botas. _Teresa_

5. Lleva un traje de baño con lunares. _Teresa_

6. A su traje de cuadros le faltan (is missing) los pantalones. _antonio_

7. Lleva una camisa de rayas y unos vaqueros. _ninguno_

8. Lleva una falda de cuadros. _Gloria_

9. Lleva una corbata con lunares. _Guillermo_

10. Lleva sandalias. _Gloria_

CA6-2 En un almacén de ropa. Las siguientes conversaciones toman lugar en un almacén de ropa. Complétalas con las palabras más lógicas de la lista. (Vocabulario temático, págs. 194–195)

1. encuentran   lunares   mujeres   piso   planta   recolectan

   CLIENTE: Disculpe. ¿Dónde se _encuentran_ los zapatos para hombres?

   DEPENDIENTE: Están en la _planta_ baja.

   CLIENTE: Gracias. ¿Y los vaqueros para _mujeres_ ?

   DEPENDIENTE: Están en el quinto _piso_ .

2. cortos _(shorts)_   guantes _(gloves)_   marino _(navy?)_   morado _(purple)_   rayas _(striped)_   traje _(suite)_

CLIENTE: Busco una corbata que combine _(matches)_ con este ___traje___ beige.

DEPENDIENTE: ¿Qué le parece esta corbata de ___rayas___?

CLIENTE: No me gusta el color ___morado___.

DEPENDIENTE: ¿Qué tal esta corbata azul ___marino___?

CLIENTE: ¡Perfecta!

3. impermeable _(rain jacket)_   baño _(bathing suit)_   botas _(boots)_   piso _(floor)_   sandalias _(sandals)_   sótano _(basement)_

MAMÁ: ¿Qué más necesitas para la playa _(beach)_?

HIJA: Ya tengo traje de ___baño___ pero necesito unas ___sandalias___.

MAMÁ: Vamos a ver en qué ___piso___ están.

HIJA: El directorio dice que están en el ___sótano___.

4. suéter _(sweater)_   estampado _(design)_   jóvenes _(young?)_   noveno _(9th)_   octavo _(8th)_   ropa _(clothes)_

CLIENTE: Busco un ~~ropa~~ suéter para el invierno _(winter)_.

DEPENDIENTE: La ___ropa___ de invierno para ___jóvenes___ está dos pisos arriba _(up)_.

CLIENTE: Estamos en el sexto piso... ¿Entonces está en el ___octavo___ piso?

DEPENDIENTE: Así es.

CA6-3 Mis preferencias en ropa.
¿Qué ropa llevas en diferentes circunstancias? Responde a las situaciones con oraciones completas en español. Menciona tres o cuatro prendas _(articles of clothing)_ para cada situación. Incluye tus colores preferidos para cada prenda. **(Vocabulario temático, págs. 194–195)**

MODELO Para ir a clase normalmente llevo una camiseta blanca, vaqueros y zapatos marrones. A veces llevo ropa un poco más formal, como pantalones caquis _(khaki)_ con una camisa azul.

1. Para ir a una fiesta con mis amigos _Llevo ~~toi~~ una camiseta negra, ~~una~~ pantalones cortos ~~the~~ beige, y ~~una~~ sandalias de beige_

2. Para salir cuando hace mucho frío y está nevando _(it's snowing)_ _llevo vaqueros azules ~~botas~~ botas, y camisa, y chaqueta verde_

3. Para ir a la playa cuando hace mucho sol _(it's sunny)_ _llevo unas sandalias y un traje de baño azul marino_

4. Para salir cuando está lloviendo _(it's raining)_ _llevo unas botas beige, un impermeable gris, y unos vaqueros azul._

5. Para ir a una entrevista de trabajo _(job interview)_ _llevo un traje negro, y corbata rojo, y camisa blanca, y cinturón negro_

CA6-4 Hablando de ropa. Completa cada oración con la forma apropiada del adjetivo entre paréntesis. Escribe el adjetivo delante (*in front*) o detrás (*after*) del sustantivo, según sea apropiado. (**Estructuras esenciales, pág. 196**)

MODELO   Necesito comprar una _____ falda _negra_ para el baile. (negro)

1. ¿De quién son _estas_ botas ~~estas~~ ? (este)

2. Mi amiga Andrea compró dos _____ vestidos _blancos_ diseñados por Carolina Herrera. (blanco)

3. ¿Te gustan _esos_ calcetines _____ con lunares? (ese)

4. Este suéter es elegante pero me gustó más el _primero_ suéter _____ que vimos. (primero)

5. ¿Prefieres la _____ camisa _rosada_ o la verde? (rosado)

6. ¿Vas a comprar _estos_ guantes _____ ? (este)

7. Vi unas sandalias bonitas y baratas (*inexpensive*) en la _segunda_ tienda _____ . (segundo)

8. Me gusta ~~esa~~ _esa_ sudadera _____ con el logotipo de la universidad. (ese)

CA6-5 En la tienda. Rafael quiere comprarse unos pantalones nuevos; entra en la tienda y habla con el dependiente. Lee las oraciones e indica quién está hablando. Escribe **R** si es Rafael y **D** si es el dependiente. (**Vocabulario temático, pág. 199**)

_D_ 1. ¿Qué desea?

_D_ 2. ¿Qué talla lleva Ud.?

_R_ 3. Estoy buscando unos pantalones.

_R_ 4. Me quedan bien.

_R_ 5. Voy a pagar con tarjeta de crédito.

_D_ 6. ¿Quiere probarse estos?

_R_ 7. ¿Dónde está el probador?

_R_ 8. Llevo la talla 44.

_D_ 9. ¿Qué color prefiere?

_D_ 10. ¿Cómo le quedan?

_R_ 11. No me importa el color.

_D_ 12. Están rebajados. Cuestan 40 euros.

CA6-6 La clienta. Completa la conversación entre la clienta y la dependiente de una manera lógica. Escoge las expresiones más apropiadas en cada oración. (**Vocabulario temático, pág. 199**)

DEPENDIENTA: (1) ¿(Qué) / Cuándo) desea?

CLIENTA: Estoy (2) (mirando / (buscando)) una falda.

DEPENDIENTA: Tenemos muchas faldas bonitas de (3) ((algodón) / mediana).

CLIENTA: Sí, ya veo. Quiero una (4) ((de rayas) / de qué color).

DEPENDIENTA: ¿Qué le (5) (gusta / (parece)) esta?

CLIENTA: No sé. ¿Tiene otra más (6) ((sencilla) / lana)?

DEPENDIENTA: Cómo no. ¿Quiere Ud. (7) (vestirse / (probarse)) esta?

CLIENTA: Sí. ¿Dónde está (8) (el cheque / (el probador))?

DEPENDIENTA: ¿Cómo le (9) ((queda) / encanta)?

CLIENTA: Muy bien. Voy a (10) (llevármelo / (llevármela)).

CA6-7 La boda *(wedding)*. ¿Qué piensan todos sobre la próxima boda de Armando y Carmen? Vuelve a escribir *(Rewrite)* las oraciones para expresar la misma idea de una manera diferente *(to express the same idea in a different way)*. Incluye el verbo entre paréntesis en el tiempo presente; también, usa un complemento indirecto pronominal *(indirect object pronoun)*. **(Gramática, págs. 202–203)**

MODELO   Creo que el vestido de la novia *(bride)* es muy elegante.

         (parecer) *El vestido de la novia <u>me parece</u> muy elegante.*

1. Pensamos que los vestidos de las damas *(bridesmaids)* son súper bonitos.

   (encantar) ___Nos encantan___ los vestidos de las damas.

2. Creo que el vestido de la madre del novio es feo.

   (parecer) El vestido de la madre del novio __le parece__ feo.

3. El novio *(groom)* está muy guapo con su traje; la talla es perfecta.

   (quedar) Al novio __le queda__ muy bien el traje.

4. Tenemos interés en conocer a los padres de la novia.

   (interesar) __nos interesa__ conocer a los padres de la novia.

5. La novia tiene los zapatos muy pequeños; necesita un número más grande.

   (quedar) A la novia __le quedan__ pequeños los zapatos.

6. El padre de la novia no tiene suficiente dinero para ofrecer una recepción muy elegante.

   (faltar) Al padre de la novia __le falta__ dinero para ofrecer una recepción muy elegante.

7. Para el novio el precio de la ropa no es importante.

   (importar) Al novio no __le importa__ el precio de la ropa.

CA6-8 De compras. Piensa en una ocasión reciente cuando fuiste de compras. Describe tu experiencia en un párrafo. Necesitas usar el pretérito. Puedes usar las siguientes preguntas como una guía *(as a guide)*. **(Vocabulario temático, págs. 194–195 y 199)**

- ¿Cuándo fuiste de compras? ¿Con quién? ¿Adónde fueron Uds.?
- ¿Qué ropa te probaste? ¿Qué ropa compraste?
- Aparte de la ropa, ¿qué compraron Uds.?
- ¿Gastaste *(Did you spend)* mucho dinero? ¿Encontraste unas gangas *(bargains)*? ¿Cómo pagaste todo?
- ¿Dónde almorzaron Uds. ese día? ¿Qué hicieron Uds. después de ir de compras?

Yo fui de compras la semana pasada con mis amigos. Fuimos a Dick's Sporting Goods. Yo probaste pantalones cortos y las camisetas. Yo compraste los pantalones cortos. Aparte de la ropa, yo compro dos beisbols. Yo no gastaste mucho dinero. Los pantalones cortos a mitad de precio. Yo pagaste veinte y dos dolares todos. Yo almorzo Moes ese día.

Paso 2

CA6-9 Crucigrama. Completa este crucigrama con los nombres de artículos en un mercado de artesanías.
(**Vocabulario temático, pág. 206**)

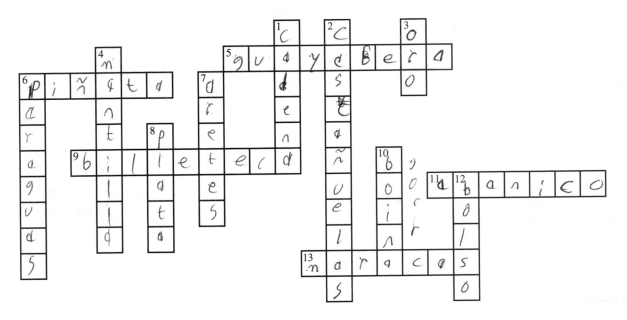

Horizontal

5. Es una camisa que se lleva mucho en el Caribe.
6. Los niños juegan con esto en las fiestas de cumpleaños.
9. Los hombres y las mujeres usan esto para guardar *(keep)* su dinero.
11. Si no hay aire acondicionado, esto es muy útil.
13. Son instrumentos de percusión, populares en el Caribe.

Vertical

1. Es un tipo de collar.
2. En el baile flamenco, se usan estos para marcar el ritmo.
3. Es un metal precioso.
4. El traje tradicional de las españolas incluye este artículo elegante.
6. Es algo que necesitas cuando está lloviendo.
7. Son adornos para las orejas *(ears).*
8. Es un metal precioso, pero cuesta menos que el oro.
10. Es un tipo de sombrero.
12. Es un artículo de cuero donde las mujeres ponen su dinero, sus cosméticos, etc.

CA6-10 ¡A regatear! En los mercados es típico regatear, como se puede observar en esta conversación. César quiere comprar una boina. Pon la conversación en el orden correcto; escribe los números del 1 al 7. (**Vocabulario temático, pág. 209**)

2 __1__ a. ¡Claro! Aquí la tiene. Es de pura lana.

5 __2__ b. ¡Qué caro! ¿Me puede hacer un descuento?

7 __3__ c. Muy bien. Me llevo dos.

1 __4__ d. ¿Podría mostrarme esa boina?

4 __7__ e. Veinte euros.

3 __6__ f. ¿Cuánto cuesta?

6 __5__ g. Si Ud. compra dos, le doy un descuento. Se la doy por quince euros.

CA6-11 De compras en Madrid. Clara fue de compras con su amiga Rosario. Aquí tienes una descripción de lo que hicieron. Completa el párrafo con el verbo entre paréntesis más lógico. Escríbelo en el tiempo pretérito. (**Vocabulario temático, pág. 209**)

Ayer mi amiga Rosario y yo (**1.** ir / regatear) ___va___ de compras en El Rastro. Primero, un vendedor nos (**2.** costar / mostrar) ___costas___ unas blusas de seda, pero nos (**3.** parecer / quedar) ___pareces___ muy caras. El señor nos (**4.** dejar / hacer) ___hacemos___ un descuento y nos las (**5.** dejar / costar) ___costas___ por treinta euros. Rosario no (**6.** aceptar / querer) ___quiera___ comprarla pero yo sí me la (**7.** dar / llevar) ___lleve___. Después, vimos unos recuerdos típicos y Rosario (**8.** dar / regatear) ___da___ por una hermosa mantilla y unas casta-ñuelas. ¡Las castañuelas solo (**9.** costar / pagar) ___pagas___ diez euros! Más tarde, yo vi un collar muy elegante. Después de regatear, le (**10.** quedar / dar) ___queda___ a la vendedora cuarenta euros por el collar. Ya no tenemos dinero entonces mañana ¡vamos a ver escaparates (*go window shopping*)!

CA6-12 Los comentarios apropiados. Estás en el mercado y quieres comprar unas billeteras. El precio es muy alto y quieres regatear. ¿Qué puedes decir para pedir un descuento? **¡Ojo!** Es muy importante no menospreciar la mercancía (*not to criticize the merchandise*). Escribe tres oraciones originales. (**Vocabulario temático, pág. 209**)

1. Me gusta billeteras marrones pero tú tiene nego billeteras. Yo pagaró dos menos euros para las negras billeteras.

2. Trienta euros para una billeteras es un poco alto, es viente cinco euros agradable?

3. El precio es alto pero telas billeteras. Cincuenta euros por favor.

Nombre _____ Fecha _____

CA6-13 Nicolás y Nuria. Nuria y su novio Nicolás son polos opuestos, respecto a las compras. Completa las oraciones con las palabras más lógicas de la lista. **(Estructuras esenciales, pág. 210)**

algo	alguien	algunos	algunas
nada	nadie	ningún	ninguna

1. A Nuria le encantan los centros comerciales. Cuando ~~algo~~ *alguien* la invita a salir de compras, siempre acepta.

2. Pero *nadie* detesta ir de compras tanto como Nicolás. Cuando Nuria lo invita a salir de compras, siempre le dice *(he always tells her)* que no necesita *nada*.

3. Para el cumpleaños de Nicolás, Nuria quería *(wanted)* comprarle ~~ningún~~ *algo* muy especial. Pasó días buscando el regalo perfecto en *algunas* de las tiendas más exclusivas de la ciudad.

4. Después, cuando llegó su cumpleaños, Nuria no esperaba *(didn't expect)* ~~alguien~~ *ningún* regalo de Nicolás. ¡Qué sorpresa cuando él le dio una magnífica pulsera de oro!

CA6-14 En el mercado. Completa las conversaciones con **por** o **para**, según el contexto. **(Gramática, pág. 212)**

1. TURISTA: Por favor ¿no hay un mercado *por* aquí?

   POLICÍA: Sí, está muy cerca. Siga *(Continue)* *por* esta calle.

2. TURISTA: Quiero comprar un recuerdo *para* mi hermanita. ¿Qué me recomienda?

   VENDEDOR: ¿Le gustan estos pendientes? Se los doy *para* solo veinticinco euros.

3. TURISTA: ¡Me encantan los pendientes! Me los llevo. También necesito un regalo *por* el aniversario de mis padres.

   VENDEDOR: ¿Qué le parecen estos platos de cerámica? *Por* solo cuarenta euros, son suyos *(they are yours)*.

4. TURISTA: Bien, me llevo un plato también. Pero primero tengo que ir al banco *para* cambiar mis cheques de viajero.

   VENDEDOR: No se preocupe. Yo le guardo *(I'll hold / set aside)* los pendientes y el plato *para* unos minutos.

CA6-15 Vendedor(a) en El Rastro. Imagina que eres vendedor(a) en El Rastro, el famoso mercado al aire libre en el centro histórico de Madrid. Contesta las preguntas del cliente (en las páginas 105–106). Usa la preposición **por** o **para** en cada respuesta. **(Gramática, pág. 212)**

CLIENTE: ¿Qué regalo me puede recomendar para mi mamá?

TÚ: (1) *Yo recomiendo pendientes para tú mamá de oro*.

CLIENTE: ¿Y para qué sirve *(what is it for)*?

TÚ: (2) *Es para evento elegantes*.

CLIENTE: ¿Cuánto cuesta?

TÚ: (3) *Pendientes oro por ciento euros*.

CAPÍTULO 6 Paso 2 **105**

© 2011 Cengage Learning. All Rights Reserved. May not be scanned, copied or duplicated, or posted to a publicly accessible website, in whole or in part.

CLIENTE: ¡Qué caro! ¿Me puede hacer un descuento?

TÚ: (4) _No, el precio es el precio._

CLIENTE: Um. Tengo que pensarlo. ¿Por cuánto tiempo más está aquí hoy?

TÚ: (5) _Yo aquí para dos mas (hours)_

Un paso más

Panorama cultural

CA6-16 ¿Qué recuerdas? Lee la información sobre España en la sección **Panorama cultural** de tu libro *Puentes*. Después, completa las oraciones con las palabras más lógicas de la lista. (**Panorama cultural, págs. 218–219**)

actriz	~~ciudad~~	~~judía~~	~~películas~~
~~árabes~~	civil	~~medicina~~	petróleo
atleta	~~dictadura~~	~~médico~~	~~reyes~~
~~autor~~	~~don Quijote~~	~~oliva~~	romanos

1. Economía: España produce más aceite de _____oliva_____ que cualquier otro (*any other*) país.

2. Historia: En 206 a.C., los ~~ibéros~~ _romanos_ tomaron control de la península. Los _____árabes_____ invadieron en el año 711. En 1492 los ~~Fernando e Isabel~~ _reyes_ católicos expulsaron a los á árabes.

3. Historia: España tuvo una guerra _____civil_____ de 1936 a 1939. La ~~conflicto~~ _dictadura_ de Francisco Franco duró (*lasted*) hasta el año 1975.

4. Cultura: Toledo es una antigua _____ciudad_____ conocida por tres culturas: la musulmana, la _____judía_____ y la cristiana.

5. Personas importantes: Miguel de Cervantes es el _____autor_____ de la novela más famosa de la literatura española: *El ingenioso hidalgo* _don Quijote_ *de la Mancha.*

6. Personas importantes: Santiago Ramón y Cajal fue el ~~atleta~~ _médico_ que investigó el sistema nervioso. Ganó el Premio Nobel de _____Medicina_____ en 1906.

7. Personas famosas: Penélope Cruz es una _____actriz_____ conocida por su actuación en muchas ~~conjunto musical~~ _películas_.

CA6-17 Imágenes de España. Antes de mirar el vídeo sobre Madrid, completa las oraciones con las palabras o frases más lógicas de la lista.

antigua *old*

embutidos *cold meats*

innumerables *countless*

punto de partida *starting point*

recreo *recreation*

se sitúa *is located*

sitio *place*

1. Madrid ____se sitúa____ en el centro de la Península Ibérica.

2. Madrid tiene ____innumerables____ museos y restaurantes excelentes.

3. La Gran Vía está en la parte ____antigua____ de Madrid.

4. El Kilómetro Cero es el ____punto de partida____ de las carreteras radiales (*arterial roads*) de España.

5. Los Museos de Jamón son tiendas que venden jamones y _____embutidos____.

6. El Parque del Retiro es un _____sitio_____ de Madrid adonde muchas personas van.

7. La gente puede caminar o descansar en sus grandes áreas de _____recreo_____.

¡Vamos a leer!

Lectura A: Dime cómo vistes y sabré qué estudias

This article, from a Spanish magazine, gives an overview of fashion on university campuses and suggests that students from each major have distinctive styles. As you read it, you will learn more about consulting a bilingual (Spanish-English) dictionary efficiently.

MODA EN EL CAMPUS
Dime cómo vistes y sabré qué estudias

No es una **regla** estricta, pero hay estilos que se identifican con la carrera que se estudia. Desde el "look" alternativo —alumnos de Bellas Artes, Marketing o Imagen y Sonido—, hasta la moda de "tendencias°": los matriculados° en Filología, Políticas... No en vano, las estadísticas dicen que ellas dedican un 43% de su **asignación** semanal a la ropa y ellos, un 28%.

trends / (registered) students

Las universitarias españolas dedican un 43% de su asignación semanal a comprar ropa, mientras los chicos solo gastan en este apartado el 28% de su paga, según el último informe del Instituto de la Juventud. Octubre, marzo y abril son los meses más gravosos° para su presupuesto° en ropa; y donde se concentra la mayoría del consumo de los 390 euros que, según el Instituo Nacional de Estadística, **nos gastamos** los españoles cada año en vestirnos.

expensive / budget

Marcas° como Thomas Burberrys, Tommy Hilfiger, Puma, Nike o Adidas son las más apreciadas en el guardarropa° estudiantil, aunque no todos puedan permitírselas. Levi's, Lacoste y El Caballo son clásicos desde hace años, sobre todo entre los alumnos de universidades privadas, y Custo, La Casita de Wendy y Divina Providencia llenan los armarios de los estudiantes más alternativos en carreras relacionadas con la imagen, el diseño y las relaciones públicas.

Brand names
wardrobe

Los universitarios de derecho y, en general, los de letras (aunque en este grupo también se sitúan algunas carreras sanitarias, como farmacia y medicina), tienen una forma de vestir mucho más clásica que todos los demás. En ciencias (sobre todo, matemáticas, química y biología) el look que prima es el estilo grunge (desaliñado°). Los estudiantes de Imagen y Sonido, Comunicación y Relaciones Públicas se sitúan en la vanguardia del diseño en cuanto a imagen, siendo en estas facultades en las que más variedad de estilos a la hora de vestir se encuentra.

slovenly

CA6-18 Estrategia: Consultar el diccionario durante la lectura. When consulting a bilingual dictionary, the less experienced user often chooses the first definition that appears in the word entry. Unfortunately, the first choice is often the wrong one for the context and leaves the reader even more perplexed. Read the tips on how to use a Spanish-English dictionary more effectively and then answer the questions based on the article "Dime cómo vistes y sabré qué estudias."

Estrategia: *Consulting a dictionary when reading*

When you look up a Spanish word in a dictionary, follow these tips to choose the correct definition.

- **Search for verbs by infinitive.** If you don't understand the meaning of a conjugated verb in a sentence, you must try to deduce its infinitive ending (**-ar, -er,** or **–ir**) in order to find the verb in the dictionary. For example, the definitions of the verb **llenan** are found in the entry for **llenar.** Similarly, it is important to note whether or not the verb is used reflexively. For example, if you see the phrase **nos gastamos,** you would search for the verb **gastar** and then look within the entry for the reflexive form **gastarse.**

- **Use context to select an appropriate definition.** To determine which of the many definitions in an entry best fits the sentence you are reading, read through all the possible meanings before selecting one. More comprehensive dictionaries often provide synonyms or examples of the different meanings in model sentences, which makes choosing much easier.

- **Check for idiomatic use.** Words are often used in set phrases that have a special meaning, or a meaning different from what you would expect by combining those words. For example, although you have learned that **poner** means *to put* and **verde** means *green*, you would most likely have to search for the phrase **poner verde** to find out that it means *to say nasty things (about someone).* A phrase like the previous one might be found in the entry for **poner** or the entry for **verde,** depending on the dictionary.

---

regla f 1 (utensilio) ruler
2 (a) (norma) rule; **eso va en contra de las ~ s** that's against the rules; **en ~** in order; **todo está en ~** everything is in order; **por ~ general** as a (general) rule.

---

gastarse v pron **1** <dinero> to spend; **¿ya te has gastado todo lo que te di?** You don't mean to say you've already spent all the money I gave you!
2 (consumirse) to run down; **estas pilas se gastan enseguida** these batteries run down so quickly
3 <ropa / zapatos> (desgastarse) to wear out; **se le ~ron los codos a la chaqueta** the elbows of his jacket wore thin

---

asignación f **1 (a)** (de una tarea, función) assignment; **la ~ del puesto a su sobrino** the appointment of his nephew to the post
(b) (de fondos, renta) allocation, assignment
2 (sueldo) wages; (paga) allowance; **la beca supone una ~ mensual de...** the grant provides a monthly allowance of . . .

---

1. Find the following words in the article "Dime cómo vistes y sabré qué estudias" and consult the corresponding dictionary entries. Check off the best definition in each case.

   a. regla
   _____ ruler   _√_ rule

   b. asignación
   _____ assignment   _√_ allocation   _____ wages   _____ allowance

   c. nos gastamos
   _√_ we spend   _____ we run down   _____ we wear out

2. After you read the whole article, decide if the following statements are true or false. Write **T** or **F** in the space provided.

   _F_ **a.** According to the article, female students spend more money on clothes than male students.

   _F_ **b.** On average, Spaniards spend 430 euros on clothes per year.

   _F_ **c.** The most popular brands among Spanish students are Banana Republic, Calvin Klein, and Billabong.

   _T_ **d.** Law students and medical students prefer brands such as Custo, La Casita de Wendy, and Divina Providencia.

   _T_ **e.** Science students usually prefer a grunge look.

   _F_ **f.** Students in Fine Arts, Communication, and Public Relations are usually on fashion's cutting edge.

Lectura B: Romance de la niña negra

The Argentine author Luis Cané (1897–1957) wrote many essays and poems, including the one you are about to read, "Romance de la niña negra." In this children's poem, which appeared for years in language arts textbooks in Argentina, Cané brings to light the problem of racial discrimination in his country in the mid-twentieth century.

CA6-19: "Romance de la niña negra". Read the poem and complete the study-guide questions in English.

Romance de la niña negra

Toda vestida de blanco,
almidonada y compuesta,
en la puerta de su casa
estaba la niña negra.

Where is the little girl standing? On what aspect of her appearance does the poet focus?

_____

_____

Un erguido moño blanco°
decoraba su cabeza,
collares de cuentas° rojas
al cuello le daban vueltas.

The poet continues to paint a picture of the little girl. What details does he include here?

_____

_____

big white bow

beads

Las otras niñas del barrio
jugaban en la vereda°;   *sidewalk*
Las otras niñas del barrio
nunca jugaban con ella.

Who are the other little girls mentioned here?
What are they doing?

_____

_____

Toda vestida de blanco,
almidonada y compuesta,
en un silencio sin lágrimas
lloraba la niña negra.

How does the little girl react to the neighbor
girls who are excluding her from their play?

_____

_____

CA6-20 Comprensión. After you read the poem "Romance de la niña negra," complete the sentences that follow with the best response.

_____ 1. La niña negra lleva _____.

    a. ropa informal, apropiada para jugar

    b. ropa rota y sucia

    c. ropa de vestir con accesorios bonitos

_____ 2. Las otras niñas _____.

    a. invitan a la niña negra a jugar

    b. no quieren jugar con la niña negra

    c. tienen menos juguetes *(toys)* que la niña negra

_____ 3. La niña negra se siente _____.

    a. triste

    b. nerviosa

    c. contenta

_____ 4. Al final del poema, la niña negra _____.

    a. juega con las otras niñas

    b. pide la ayuda de su mamá

    c. sufre en silencio

¡Vamos a escribir!

CA6-21 Estrategia: Cómo usar un diccionario bilingüe. Bilingual dictionaries are useful tools for writers, but they must be used with care. Here are some tips to help you avoid translation errors when consulting an English–Spanish dictionary. Read each one and complete the accompanying activities.

Estrategia: *Consulting a bilingual dictionary when writing*

Técnica 1: Limita el uso del diccionario. Writing is much less frustrating if dictionary use is kept to a minimum. Before consulting a dictionary, try to simplify your ideas by using more familiar words and avoiding slang expressions.

Técnica 2: Identifica la función de la palabra. Once you decide to consult a dictionary, determine first how the word is used in your sentence. Here are some common parts of speech along with abbreviations commonly used in dictionaries.

- *noun* **sustantivo** s.
- *adjective* **adjetivo** adj.
- *verb* **verbo** v.
- *adverb* **adverbio** adv.

Técnica 3: Considera el contexto de la palabra. After selecting the part of speech, read through all the definitions within that category. This will help you decide which word best fits the context of your sentence. For example, the word "fire," when used as a verb, may mean *to discharge a gun* or *to release someone from employment*. In Spanish, a different word is used for each of these meanings.

---

1. **Limita el uso.** To avoid looking up words in the dictionary, first rewrite the following statements in simpler English. Then, try to express the ideas in Spanish with words that you already know.

   MODELO
   She wore an exquisite evening gown to the opening night gala aboard our cruise ship.
   Simplified sentence: She wore a very pretty dress to the first dance on our cruise.
   In Spanish: *Llevó un vestido muy bonito al primer baile de nuestro crucero.*

   a. My grandmother has a sweet tooth.
      Simplified sentence: _My grandmother likes sweets_
      In Spanish: _Mi abuela le gusta los dulces_

   b. Water sports provide excellent aerobic conditioning.
      Simplified sentence: _Water sports are good exercise_
      In Spanish: _Deportes acuáticos son un buen ejercicio_

   c. In this country all financial institutions cease operations at midday.
      Simplified sentence: _Here all financial institutions stop for lunch_
      In Spanish: _Aquí todos instituciones financieras detener para el almuerzo_

2. **Identifica la función de la palabra.** Read the following sentences and indicate whether the words in boldface are nouns, adjectives, verbs, or adverbs.

> **MODELO** He attends a **university** in Wisconsin. <u>sustantivo</u>
>
> The **University** Council sets policy. <u>adjetivo</u>

a. Your shirt is wrinkled. Why don't you **iron** it? _____

b. I need to buy a new **iron** so that I can press my clothes. _____

c. An **iron** chain was wrapped around the treasure chest. _____

d. This medicine will **slow** the course of the disease. _____

e. The boy moved **slowly** across the room. _____

3. **Considera el contexto.** Study the dictionary entries that follow and fill in the blanks below with the most appropriate word choices in Spanish. Include a definite article when necessary.

a. _____ es famoso por sus tapas. *(The bar is famous for its tapas.)*

b. La nueva ley_____ esta práctica. *(The new law bars this practice.)*

c. Quiero una camisa en azul_____. *(I want a shirt in dark blue.)*

d. Tiene miedo de_____. *(He is afraid of the dark.)*

---

bar¹ (bär) I. s. *(rod)* barra; *(of gold)* lingote *m; (lever)* palanca; *(of a prison)* barrote *m; (of soap)* pastilla (de jabón); *(of chocolate)* tableta; *(of color)* raya, franja; *(obstacle)* obstáculo; *(tavern)* bar *m; (counter)* mostrador *m;* MARÍT. banco (de arena, grava); DER. *(tribunal)* tribunal *m; (legal profession)* abogacía; *(lawyers)* cuerpo de abogados; MÚS. *(line)* barra; *(measure)* compás *m* ◆ **behind bars** entre rejas ◆ **prisoner at the b.** DER. acusado II. tr. **barred, bar·ring** *(to fasten)* cerrar con barras; *(to obstruct)* obstruir; *(to exclude)* excluir; *(to prohibit)* prohibir; *(to mark)* rayar III. prep. ◆ **b. none** sin exceptión.

dark (därk) I. adj. **-er,-est** *(without light)* oscuro, sin luz; *(dim)* opaco, gris; *(said of a color)* oscuro; *(complexion)* moreno, morocho; *(threatening)* amenazador; *(deep)* profundo (sonido, voz); *(dismal)* triste; *(evil)* siniestro; *(unknown)* desconocido, misterioso; *(secret)* secreto, oculto; *(ignorant)* ignorante II. s. *(darkness)* oscuridad *f,* tinieblas *f; (nightfall)* anochecer *m,* noche *f;* PINT. *(shade)* sombra ◆ **to be in the d.** no estar informado.

CA6-22 El regalo. Your little sister, who is a real fashionista, is celebrating her sixteenth birthday in two days. You want to buy her a special gift, but you are down with the flu and can't leave your dorm room. Write an e-mail to your good friend and ask him/her to go shopping for you. Be sure to do the following:

- Use the appropriate format for an e-mail message. (See pp. 35–36 of the *Cuaderno de actividades.*)
- Include details such as what you want to get, your sister's likes and dislikes, where to shop for the gift, and how much you want to spend.
- To practice your dictionary skills, look up three new words in a bilingual dictionary. Include these words in your message and circle them.

_____

_____

_____

_____

_____

_____

_____

_____

_____

_____

_____

_____

_____

Phrases: asking for help; describing objects; describing people; expressing a need; linking ideas; making transitions; requesting or ordering; stating a preference; thanking; writing a letter (informal).

Vocabulary: clothing; colors; fabrics; people; personality; stores & products.

Grammar: adjective agreement; adjective position; comparisons; personal pronoun indirect; verbs: present; verbs: use of **gustar**.

Todo oídos

La emisora de radio WSEC 104.5 les presenta...

🔊 **CA6-23 "El boletín especial".** Escucha el siguiente boletín y contesta las 10 preguntas.

TRACK 20

_____ 1. El boletín anuncia que Julito Franco acaba de _____.

    a. tener un accidente

    b. desaparecer

    c. escaparse de su casa

_____ 2. Según la policía, Julito y su madre estaban _____.

    a. de compras

    b. en casa

    c. en un automóvil

_____ 3. La madre se separó de Julito para _____.

    a. conversar con una amiga

    b. buscar un regalo

    c. pedirle información a un empleado

_____ 4. Cuando Julito desapareció, la madre inicialmente estaba _____.

    a. calmada

    b. histérica

    c. nerviosa

_____ 5. Julito _____.

    a. tiene siete años

    b. pronto va a cumplir ocho años

    c. tiene ocho años y ocho meses de edad

_____ 6. Julito llevaba _____.

    a. sandalias   **b.** botas   **c.** zapatos de tenis

_____ 7. En la mano, Julito tenía _____.

    a. comida   **b.** un libro   **c.** un juguete

_____ **8.** Los empleados de la juguetería inmediatamente llamaron a la policía y _____.

    a. anunciaron lo que ocurrió

    b. cerraron las puertas

    c. llamaron a la emisora de radio WSEC

_____ **9.** Para contactar a la policía debe llamar al número de teléfono _____.

    a. 777-8844

    b. 777-4884

    c. 777-8448

_____ **10.** ¿Cuál de estos niños se parece más a Julito?

    a.   **b.**   **c.**

La pronunciación

🔊 **CA6-24 La letra *r* en medio de la palabra.** When the Spanish **r** is within a word, it is pronounced by lightly tapping the tip of the tongue behind the front teeth. It is very much like the middle sound in *water* and *ladder*. Listen and repeat the words and sentence.

TRACK 21

    abrigo   corbata   color

    Los vaqueros verdes son caros.

🔊 **CA6-25 La letra *r* al principio de la palabra y la letra *rr*.** The **r** is trilled (pronounced with three or four taps of the tongue) when it is the first letter of a word or when it is written as double **r.**

TRACK 22

    rojo   marrón   rosado

    El carro de Rogelio es marrón.

Ejercicio. Practice the **r** and **rr** sounds with these **trabalenguas** *(tongue-twisters)*.

Tres tristes tigres comen trigo.	*Three sad tigers eat wheat.*
Erre con erre cigarro, **erre con erre barril;** **rápido ruedan los carros,** **los carros del ferrocarril.**	*R and R, cigar,* *R and R, barrel;* *rapidly roll the railroad cars,* *the cars of the railroad train.*

¡A divertirnos!

CAPÍTULO 7

Paso 1

CA7-1 Invitaciones. Lee cada intercambio *(exchange)* y decide si es lógico o ilógico. Marca (✓) la columna apropiada. **(Vocabulario temático, pág. 224)**

	lógico	ilógico
1. —¿Quieres ir a un concierto el sábado? —¡Cómo no! ¿Quiénes tocan?	✓	
2. —¿Dónde nos encontramos? —Quizás la próxima vez.	✗	✓
3. —¿Por qué no vamos al partido de fútbol? —¡Qué buena idea! ¿Qué obra presentan?		✓
4. —¿Quieres ir al teatro con nosotros? —Lo siento, pero tengo otro compromiso.	✓	✗
5. —¿A qué hora empieza? —La entrada es gratuita.		✓
6. —¿Por qué no damos un paseo esta tarde? —Gracias, pero estoy muy cansado.	✓	✗

CA7-2 El tiempo libre. Estás estudiando español en San José, Costa Rica. Quieres salir con tus nuevos amigos. ¿Qué pueden hacer Uds. para divertirse? Lee los anuncios del periódico (en la página 116) para investigar las posibilidades. Contesta las preguntas con oraciones completas. **(Vocabulario temático, pág. 224)**

MÚSICA

1. ¿Quién va a tocar en el concierto en el Teatro Nacional?

_____

2. ¿Dónde se puede escuchar un concierto de música rock?

_____

3. ¿Qué días hay música jazz en el Fellini Jazz Club?

_____

4. ¿Cuál de los eventos musicales es el más caro? ¿Cuánto es la entrada *(admission)*?

_____

Actividades de la semana

EXPERIMENTAL

Adrián Goizueta y su grupo experimental. Presentación de su último disco, *Amaramares.* Teatro Nacional, San José, 8 PM Entradas: ₡8.000, ₡6.000, ₡2.000. Tel. 2221-5341.

JAZZ

Fellini Jazz Club. En el Restaurante Fellini, 200m sur de la Toyota, Paseo Colón. Noches de jazz, de 8:30 PM a 11 PM Entrada gratuita. Tel. 2222-3520. Viernes y sábados.

ROCK

Inconsciente Colectivo. Club de Amigos de Palmares, Palmares, 8 PM Entrada: ₡2500. Tel. 2395-7786, 2452-0025.

TEATRO

Apartamento de soltero. Comedia. Teatro La Máscara, 400m este y 25m sur del Teatro Nacional. De viernes a domingo, 8 PM Entrada: ₡3000. Tel. 2222-4574.

El enemigo. Comedia. Teatro Skené. Contiguo a KFC, Barrio La California, carretera a San Pedro. De viernes a domingo, 8 PM Entrada: ₡2500 (general) y ₡1500 (estudiantes). Tel. 2283–9700.

CINE

La niña de tus ojos. Sala Garbo, Paseo Colón. De lunes a viernes. Funciones: 3 PM 7 PM y 9 PM. Entrada: ₡2500. Tel. 2222-1034.

Simón del desierto, de Luis Buñuel. Club de Vídeo Foro del Colegio Universitario de Alajuela. Domingo, 16, 6 PM Entrada gratuita. Tel. 2443-1314, extensión 110.

PLÁSTICA

El jardín de Osiris. Pinturas de Rolando Faba. Galería Memorándum, Avenida 3, Calles 34–36, Paseo Colón, San José. De lunes a viernes, de 8:30 AM a 5:30 PM Entrada gratuita. Tel. 2256-0771, 2254-2422.

Grafismos de la India. Pinturas de pequeño formato de Miguel Casafont. Auditorio Manuel Jiménez Borbón, instalaciones de La Nación, Llorente de Tibás. De lunes a viernes, de 8 AM a 12 PM Y de 2 PM a 6 PM Entrada gratuita. Tel. 2247-1433.

TEATRO

5. ¿Qué van a presentar en el Teatro La Máscara?

_____

6. ¿A qué hora empieza la obra *El enemigo*?

_____

PLÁSTICA

7. ¿Qué exhíben en la Galería Memorándum?

_____

8. ¿Cómo se llama la exposición en el Auditorio Manuel Jiménez Borbón?

_____

CINE

9. ¿Qué película dan en el Colegio Universitario de Alajuela?

    _____

10. ¿A qué hora es la primera función *(show)* de la película *La niña de tus ojos*?

    _____

UN POCO DE TODO:

11. ¿Cuál de las actividades te gusta más? Explica por qué.

    _____

CA7-3 El fin de semana pasado. ¿Qué hicieron todos los amigos el fin de semana pasado? Completa los diálogos con las palabras más lógicas de las listas. **(Vocabulario temático, pág. 227)**

1. caminatas   campo   durmieron   montañas   pasaron   pescaron   vieron

    El fin de semana pasado Roberto y Marcos fueron a las _____ en la zona de Monteverde. El sábado hicieron _____ en la Reserva Bosque Nuboso *(Cloud Forest Reserve)* Santa Elena todo el día. Esa noche _____ bajo las estrellas. El domingo _____ en un lago. ¡Lo _____ muy bien!

2. bien   fatal   lago   pudo   se divirtió   se enfermó   quedarse

    Susana lo pasó _____ este fin de semana. La pobre _____ y tuvo que _____ en casa. Debía *(She was supposed to)* ir al _____ con sus amigos, pero al final no _____ hacer nada. ¡Qué mala suerte!

3. artesanías   barco de vela   buceó   cazó   festival   playa   probamos   yoga

    Mis hermanos y yo nos divertimos mucho este fin de semana. Fuimos a la _____ en Limón el sábado. Primero paseamos en _____. Mi hermano mayor _____ y pudo ver muchos peces bonitos. El domingo fuimos a un _____. Vimos muchas _____ y yo compré un regalo para el cumpleaños de nuestra mamá. También _____ mucha comida deliciosa.

CA7-4 Un fin de semana en la playa. Sandra y sus amigos pasaron el fin de semana en la playa. Completa el resumen *(summary)* con los verbos más lógicos de la lista. Escríbelos en el tiempo pretérito. **(Gramática, págs. 230–231)**

divertirse	enfermarse	montar	pasear	querer	tener
dormir	ir	nadar	pescar	ser	tomar

El fin de semana pasado, mis amigos y yo (1) ~~enfermarse~~ *fuimos* a Playa Flamingo. Primero, (nosotros) (2) ~~voy~~ *montamos* a caballo. Luego, Fernando y Carla (3) ~~voy~~ *tomaron* el sol mientras Daniel y yo (4) ~~divertirse~~ *nadamos* en el mar *(ocean)*. El sábado por la noche, mis tres amigos (5) ~~nado~~ *durmieron* bajo las estrellas pero yo no (6) ~~duermo~~ *quise*: Yo dormí en un hotel. El domingo (7) ~~tengo~~ *fue* el día más divertido. Bueno, para Carla no. Ella (8) ~~pasear~~ *se enfermó* y (9) ~~tomar~~ *tuvo* que ir al centro médico. ¡Qué mala suerte! Pero, el resto de nosotros

Nombre _____ Fecha _____

(10) _~~dormir~~ paseamos_ en barco de vela por cuatro horas. Fernando (11) _~~nadar~~ pescó_ un dorado *(mahi mahi)* y Daniel (12) _~~fue~~ se divirtió_ muchísimo nadando con los delfines. ¡Una experiencia fantástica!

CA7-5 Quiero saberlo todo. Mariluz salió anoche con unos amigos y regresó a casa muy tarde. Su mamá quiere saber todos los detalles *(details)*. Escoge el verbo más lógico de la lista y escríbelo en el pretérito. No repitas los verbos. **(Gramática, págs. 230–231)**

1. **hacer   ir   volver**

    MAMÁ: ¿Qué _hace_ (tú) anoche?

    MARILUZ: (Yo) _voy_ a una pequeña fiesta en casa de Adalberto.

2. **bailar   estar   jugar**

    MAMÁ: ¿Con quiénes _este_ (tú)?

    MARILUZ: Con Lali y Nina. (Nosotros) _jugamos_ toda la noche.

3. **comprar   decir   hablar**

    MAMÁ: ¿Por qué no me _hablar_ (tú) nada?

    MARILUZ: ¿No te acuerdas? *(Don't you remember?)* Tú y yo _decimos_ de esto anteayer.

4. **conducir   dar   ver**

    MAMÁ: Yo no te _voy_ permiso de usar nuestro coche. Entonces, ¿cómo fuiste?

    MARILUZ: Nina _da_ el coche de su papá.

5. **estar   poner   poder**

    MAMÁ: ¿No (tú) _poder_ llamar a casa?

    MARILUZ: Lo siento, mami. (Yo) _estoy_ bailando y se me fue el tiempo.

6. **empezar   hacer   tomar   llevar**

    MAMÁ: ¿Qué (Uds.) _tomamos_ después de la fiesta?

    MARILUZ: Nada en particular. Lali, Nina y yo _llevamos_ un helado en un café y después Nina me _hace_ a casa.

CA7-6 Un día en el campo. Contesta las preguntas sobre la escena con oraciones completas. **(Gramática, págs. 230–231)**

1. ¿Adónde fueron ayer los Ramos? ¿Para qué?

   Ramos familia visitan del parque para ~~comer~~ picnic

2. ¿Llegaron al parque en autobús?

   No, llegaron al parque en carro

3. ¿Qué trajeron los Ramos para comer y beber?

   Los hambergeras y agua

4. ¿Dónde pusieron la comida para el picnic?

   mesa de picnic

5. ¿Qué le dio Emilio a su hijo para comer? ¿Cómo reaccionó Miguel?

   Emilio dio Miguel hambegesa. ~~Miguel~~ No toma Miguel

6. En tu opinión, ¿por qué no quiso Puri ponerse el sombrero?

   Es grande para niña pequeña

7. ¿Qué "invitados" (guests) vinieron al picnic?

   Los osos

8. ¿Tuvo miedo Paco cuando vio a los "invitados"? ¿Qué dijo?

   Paco no miedo, Paco dijo "Oso".

9. En tu opinión, ¿qué hicieron los Sres. Ramos cuando supieron que los osos (bears) comían (were eating) su comida?

   Huir

10. ¿Se divirtió mucho la familia?

    ~~No mucho~~ no, no se divertido mucho

Paso 2

CA7-7 El clima de Costa Rica. ¿Cómo es el clima de Costa Rica? Lee el siguiente párrafo. Subraya (Underline) las palabras más apropiadas para completar las oraciones. **(Vocabulario temático, págs. 234–235)**

En Costa Rica solamente hay dos estaciones —la estación de (**1.** tormenta / lluvia) y la estación seca— porque es una zona (**2.** templada / tropical). Los costarricenses le dicen a la estación seca "verano" porque hace buen (**3.** pronóstico / tiempo). Por lo general, hace (**4.** despejado / sol) y no (**5.** llueve / viento). Esta estación es de diciembre a mayo, o sea (that is), coincide con el invierno y (**6.** el otoño / la primavera) en los Estados Unidos. Las temperaturas no varían (vary) mucho entre las dos estaciones. El promedio (average) está entre 21 y 27 (**7.** fresco / grados) Celsius. En Costa Rica, ¡nunca (**8.** llueve / nieva)!

Nombre _____ Fecha _____

CA7-8 El tiempo. Estás en San José, Costa Rica, de vacaciones. Quieres planear tus actividades para el fin de semana, pero primero lees el pronóstico del tiempo en Internet. Lee la información y contesta las preguntas. (**Vocabulario temático, págs. 234–235**)

San José, Costa Rica
Jueves, 13 de febrero

Condiciones actuales
(Actualizado a las 10:15 hora local.)

parcialmente soleado

Temperatura: 24 C, 75 F
Humedad relativa: 60%
Viento: 29 kph; 18 mph

Pronóstico

viernes	sábado	domingo
☼ soleado	parcialmente nublado	nublado
máxima 29 C 84 F mínima 13 C 56 F	máxima 24 C 76 F mínima 12 C 54 F	máxima 23 C 73 F mínima 14 C 58 F

_a___ **1.** ¿Qué tiempo hace "hoy" (jueves) en San José?

    a. Hace buen tiempo.
    b. El día está pésimo.
    c. Está nevando.

_c___ **2.** ¿A cuántos grados estamos "hoy" (jueves)?

    a. Estamos a veinticuatro grados Fahrenheit.
    b. Estamos a setenta y cinco grados Celsius.
    c. Estamos a veinticuatro grados Celsius.

_b___ **3.** ¿Cuál es el pronóstico para el fin de semana?

    a. Va a llover mucho.
    b. Va a hacer buen tiempo.
    c. Va a hacer frío.

_c___ **4.** ¿Qué día hay más posibilidad de lluvia?

    a. el viernes
    b. el sábado
    c. el domingo

_b___ **5.** Tomando en cuenta (*Taking into account*) las temperaturas mínimas, parece que va a _____.

    a. nevar
    b. hacer fresco
    c. haber tormenta

CA7-9 Celebraciones. ¿Cómo se celebran los diferentes días festivos? Relaciona *(Match)* las dos columnas para asociar cada celebración con la costumbre más tradicional. (**Vocabulario temático, págs. 237–238**)

C ____ 1. En Janucá...   a. llevamos disfraces.

e ____ 2. En el Día de Acción de Gracias...   b. intercambiamos regalos.

f ____ 3. La Noche Vieja...   c. encendemos las velas del candelabro.

a ____ 4. El Día de las Brujas...   d. vamos a la iglesia.

____ 5. En la Pascua Florida...   e. comemos pastel de calabaza.

b ____ 6. En la Nochebuena...   f. brindamos con champaña.

CA7-10 Los días festivos. Los días festivos nos brindan la oportunidad de celebrar. ¿Cómo celebran tú, tu familia y tus amigos los siguientes días festivos? Primero, escribe el nombre del día festivo; después, describe qué haces para celebrar *(what you do to celebrate)*. Escribe en el tiempo presente. (**Vocabulario temático, págs. 237–238**)

MODELO   El 25 de diciembre es *la Navidad*. Generalmente, mi familia y yo *nos reunimos con mis abuelos y cantamos villancicos. Siempre decoramos un árbol también*. O: El 25 de diciembre es *la Navidad*. Generalmente, mi familia y yo *no celebramos ese día*.

1. El 31 de octubre es _____. Normalmente mis amigos y yo

_____.

2. El 4 de julio en los Estados Unidos es _____. Con frecuencia, mi familia

y yo _____.

A veces, mis amigos y yo _____.

3. El cuarto jueves de noviembre en los Estados Unidos es _____. Mi familia y

yo siempre _____.

A veces (nosotros) _____.

4. El primero de enero es _____. Normalmente, yo

_____.

También, acostumbro *(I customarily)* _____.

5. El 14 de febrero es _____. Por lo general, yo

_____.

A veces (yo) _____.

6. Mi día festivo favorito es _____. Para celebrar el día, generalmente

_____.

CA7-11 La nostalgia. Un grupo de amigas se reúne después de muchos años sin verse *(without seeing one another)*. Se ponen nostálgicas y empiezan a contar recuerdos *(memories)* de su niñez. Completa la conversación con los verbos más lógicos de la lista; escribe los verbos en el **imperfecto**. ¡Ojo! Se usa **uno** de los verbos dos veces *(twice).* **(Gramática, págs. 242–243)**

camp	sing	be	ski	do	go	snow	join
acampar	**cantar**	**estar**	**esquiar**	**hacer**	**ir**	**nevar**	**reunirse**

CARMELA: Lo que yo recuerdo más son los veranos. Siempre hacía buen tiempo: (1) ~~hacer~~ *hacía*

sol y (2) _*estaba*_ despejado. ¿Recuerdan Uds. cuando nosotras salíamos de la ciudad

e (3) ~~iba~~ *íbamos* ~~reunirse~~ al campo donde vivía mi abuela? Ella siempre nos preparaba

sándwiches y nosotras (4) _*hacíamos*_ un picnic. A veces, por la noche, nosotras

(5) _*acampábamos*_ al aire libre y los mosquitos nos comían vivas.

ROSA: Sí, esos eran días inolvidables *(unforgettable)*. Pero en realidad, a mí me gustaba más el invierno,

especialmente cuando hacía mucho frío y (6) _*nevaba*_ y nosotras

(7) _~~acampa~~ esquiábamos_ en las montañas.

ÁNGELES: A mí también me gustaba el invierno, sobre todo *(above all)* cuando llegaba la Navidad. ¿Recuerdan

Uds. cómo las tres *(the three of us)* (8) _~~estar esquia~~ nos reuníamos_ en mi casa para hacer regalos para nuestros padres?

ROSA: Sí, lo recuerdo muy bien. Tú y Carmen siempre (9) _*cantaban*_ villancicos y ¡el perro siempre empezaba a aullar *(to howl)*!

CA7-12 La investigación. Ayer hubo un robo *(a robbery)* en la residencia de la universidad. La policía quiere saber lo que hacían todos los residentes cuando el robo ocurrió. Contesta la pregunta del policía de una manera lógica; usa las expresiones de la lista y escribe los verbos en el **imperfecto**. **(Gramática, págs. 242–243)**

dancing	studying	watching a movie
bailar con un amigo	**estudiar para un examen**	**mirar una película**
comer y conversar	**hacer ejercicio y correr**	**ser el cumpleaños de mamá**
eat & talk	exercise & running	mom's birthday

MODELO   POLICÍA: ¿Dónde estaba Ud. anoche a las ocho y media?

RAÚL: Anoche, a las ocho y media estaba en la biblioteca. (Yo) *Estudiaba para un examen.*

POLICÍA: ¿Dónde estaba Ud. ayer a las ocho y media de la tarde?

1. HERNANDO: Estaba en el gimnasio. (Yo) _Hacía ejercicio y ~~corría~~_

_____

2. CASANDRA: Mis amigas y yo estábamos en la cafetería. (Nosotras) _~~comíamos~~ comíamos y conversábamos_

_____.

3. CLAUDIO: Yo estaba en el cine con mi novia. (Nosotros) _~~éramos el cumpleaños de mamá~~_
   mirábamos una película

_____.

4. RAMONA: Yo estaba en el Club El Fénix. (Yo) _bailaba con un amigo_

_____.

5. ELENA: Yo estaba en la casa de mis padres. (Yo) _eramos el cumpleaños de mamá_

6. TÚ: _estudía para un examen_

CA7-13 Cuando era más joven. ¿Recuerdas cómo eras *(Do you remember what you were like)* cuando eras niño(a) o adolescente *(teenager)*? ¿Cómo eras físicamente? ¿Cómo era tu personalidad? ¿Cuáles eran tus días festivos favoritos? ¿Cómo te gustaba celebrarlos? ¿Cuáles eran tus actividades favoritas durante el año escolar *(during the school year)*? ¿Cómo pasabas los veranos? Escoge una etapa de tu niñez-juventud *(Choose a stage of your childhood/youth)* y escribe una descripción de cómo eras tú. Incluye un mínimo de 6 verbos en el imperfecto. **(Gramática, págs. 242–243)**

Recuerdo cuando yo era niño(a)/adolescente...

_____

_____

_____

_____

_____

_____

_____

Paso 3

CA7-14 ¿Qué me cuentas? Alicia le cuenta a Óscar algo increíble. Para completar la conversación, escoge la reacción o la pregunta más apropiada para Óscar. **(Vocabulario temático, pág. 246)**

ALICIA: Hola, Óscar. ¿Sabes qué pasó ayer?

ÓSCAR: (1) _____

    a. No, dime, ¿qué pasó?   **b.** ¡No! ¿Cómo pasó?

ALICIA: Al perro de Valeria se le rompió la cola *(tail)*.

ÓSCAR: (2) _____ ¿Cómo pasó?

    a. ¡Menos mal!   **b.** ¡No me digas!

ALICIA: Enrique conducía a la casa de Valeria y no vio al perro en media calle y le atropelló *(ran over)* la cola.

ÓSCAR: (3) _____

    a. ¡Pobrecito!   **b.** ¡Qué alivio!

ALICIA: Valeria adora a ese perro y está muy enojada con Enrique. No quiere hablar con él. Y Enrique, que iba a la casa de Valeria con un anillo de compromiso *(engagement)* en el bolsillo *(pocket)* de su pantalón, no sabe qué hacer.

ÓSCAR: (4) _____

    a. ¡Qué horror!   **b.** ¡Qué buena suerte!

ALICIA: Sí. Ayer iba a pedir la mano en matrimonio y hoy no son novios.

ÓSCAR: (5) _____

    a. Y luego, ¿qué?   **b.** Sí, es una lástima.

CA7-15 El accidente de Martita. Luisa está contándole a su amigo Pablo la triste historia de Martita. Relaciona las preguntas y los comentarios de Pablo (columna A) con las respuestas de Luisa (columna B) para formar una conversación completa. (**Vocabulario temático, pág. 246**)

Pablo

_C_ **1.** Hola, Luisa. ¿Qué me cuentas?

_X_ **2.** ¿A Martita? No, no sé nada. ¿Qué le pasó?

_X_ **3.** ¡Pobrecita! ¿Cuándo se le rompió el brazo?

_b_ **4.** ¡No me digas! ¿Cómo fue?

_e_ **5.** Pero no comprendo. ¿Cómo se le rompió el brazo?

_a_ **6.** ¿De veras? ¡Qué horror!

Luisa

a. ¡Tiene un brazo roto!

b. Pues, su novio la invitó a su casa para celebrar su cumpleaños, y cuando Martita entró por la puerta, todos gritaron (*shouted*): "¡Sorpresa!".

c. Hola, Pablo. Oye, ¿sabes lo que le pasó a Martita?

d. Sí, es increíble.

e. Bueno, cuando todos gritaron, Martita se sorprendió tanto que se cayó por la escalera.

f. Anoche, en su fiesta de cumpleaños.

CA7-16 Una celebración costarricense. Vinicio es un estudiante hondureño en la Universidad de Costa Rica. Lee sobre una tradición de la víspera (*eve*) del Día de Independencia. Para cada oración, escoge el tiempo adecuado. (**Gramática, págs. 249–250**)

1. (Era / Fue) el 14 de septiembre y yo (estaba / estuve) en la Biblioteca Nacional.

2. Como siempre, (leía / leí) sobre la cultura chorotega en la sección de arqueología.

3. A las 5:45 P.M. (salía / salí) de la biblioteca y (tomaba / tomé) el autobús público.

4. (Había / Hubo) mucho tráfico y (llovía / llovió) un poco.

5. De repente, el autobús y todos los carros (se paraban / se pararon) (*stopped*).

6. (Eran / Fueron) exactamente las 6 de la noche.

7. Todas las personas (empezaban / empezaron) a cantar el himno (*anthem*) nacional de Costa Rica.

CA7-17 Un cuento original. Vas a escribir un cuento original. Sigue las instrucciones que aparecen a continuación (páginas 124–126) para escribir tu cuento. (**Gramática, págs. 249–250**)

1. Set the scene for your story by choosing one sentence from group A and one from group B. Conjugate the verbs in the **imperfecto** and write your sentences in the space provided. (If you prefer, write two original sentences that set the scene for your story.)

A

(ser) una noche oscura y tormentosa
(ser) las diez de la mañana
(ser) la primavera
(ser) un sábado normal

?

B

(hacer) sol y los pájaros (cantar)
(llover) mucho
(nevar) un poco y todo (estar) tranquilo
(hacer) frío y (estar) nublado

?

_____

_____

2. Describe where you were and what was going on by choosing one sentence from group C and one from group D. Write the verbs in the **imperfecto**. (If you prefer, write two original sentences that provide the same sort of information.)

C

yo (estar) en casa solo(a)

yo (estar) en la biblioteca

mis amigos y yo (estar) en la residencia
  universitaria

mi familia y yo (estar) en la habitación

?

_____

_____

D

yo (escribir) una carta en la computadora

yo (escuchar) la radio

nosotros (hablar) de nuestros planes para el día

nosotros (mirar) una antigua película de terror en la
  televisión de nuestro hotel

?

3. Begin narrating the main events of the story by choosing one sentence from each group below (E, F, and G). Write the verbs in the **pretérito**. (If you prefer, write three original sentences that tell what happened.)

E

de repente *(suddenly)*,
  el teléfono (sonar)

de repente, alguien (llamar)
  a la puerta

de repente, un perro
  (empezar) a aullar *(howl)*

de repente, yo (oír) un ruido
  (noise) extraño

?

F

inmediatamente yo (ir) a
  investigar

yo (contestar) el teléfono

yo (decir): "Adelante"
  ("Come in")

yo (ver) un poco de
  movimiento

?

G

después yo (oír) la voz de
  un hombre viejo

entonces yo (ver) un
  pequeño niño

luego un hombre (entrar)

en ese momento yo (notar)
  una nube de humo
  (a cloud of smoke)

?

_____

_____

4. Describe what (or, whom) you just heard (or, saw) by choosing one of the series of sentences below. Write the verbs in the **imperfecto**. (Or, write an original sentence that provides a similar kind of description.)

H

(ser) bajo y moreno; (llorar) *(to cry)* un poco

(ser) alto y rubio; (llevar) ropa negra

yo no (poder) ver nada; el aire (estar) opaco

yo no (poder) entender bien porque (tener) un acento francés

?

_____

_____

5. Move the story ahead by telling what you did next. Choose one of the sentences below; write the verbs in the **pretérito**. (Or, write an original sentence that tells what you did.)

I

yo (decidir) llamar a la policía

yo (preguntar): "¿Qué pasa?" pero no me (contestar)

yo (empezar) a gritar *(shout)*

en ese momento yo (perder) el conocimiento *(to lose consciousness)*

?

_____

_____

6. Write an original conclusion to your story in two or three sentences. Tell what you did or what happened; use the **pretérito**. Then give your story a title.

_____

_____

CA7-18 La novia de Juan. Mira los dibujos y completa la historia de Juan con el imperfecto o el pretérito, según el caso. **(Gramática, págs. 252–253)**

1. Siempre voy a recordar el día que conocí a mi novia.

(Ser) ____Era____ una bonita tarde de otoño. (Hacer)

____Hacía____ sol y un poco de viento. Yo (caminar)

____caminaba____ por la calle con mi pequeño perro Totó.

2. Mientras Totó y yo (pasar) ____pasábamos____ delante de la

casa de mi nueva vecina, Totó (ver) ____vio____ un

gato. El gato (ser) ____era____ muy grande;

(dormir) ____dormía____ en el porche de la casa.

3. Inmediatamente, Totó (empezar) ____empezaba____ ~~empezó~~ a ladrar

(to bark). Y, claro, el gato (despertarse) ____despertó____.

Entonces Totó (soltarse [to break loose]) ____se soltó____

y (correr) ____corrió____ trás del gato.

4. Mientras Totó y el gato (pelearse [to fight])

____pelea____, la nueva vecina (salir)

____salió____ de su casa. (Ser) ____era____

una chica muy atractiva. (Tener) ____Tenía____ más o

menos veinte años. Y era evidente que (estar)

____estaba____ muy preocupada por su gato.

5. Yo (querer) _quería_ salvar la situación.
   (Yo: separar) _Separé_ a los dos animales y le
   (devolver [*to return*]) _devolví_ el gato a su dueña
   (*owner*). Afortunadamente el gato (estar) _estaba_
   completamente bien, sin lesiones.

6. Mi vecina me (dar) _dio_ las gracias y me
   (invitar) _invitó_ a tomar un café. Y así (ser)
   fue cómo nos conocimos mi novia y yo.

Un paso más

Panorama cultural

CA7-19 ¿Qué recuerdas? Lee la información sobre Costa Rica en la sección **Panorama cultural** de tu libro de texto, *Puentes*. Busca estos datos de especial importancia para Costa Rica. Después, completa las oraciones con información semejante para los Estados Unidos. (**Panorama cultural, págs. 260–261**)

1. Un personaje de importancia histórica y política, no solamente para Costa Rica, sino también para toda

   Centroamérica es _____. Un personaje de importancia histórica y política para los

   Estados Unidos es _____.

2. Un(a) autor(a) que escribió muchos libros clásicos para los niños costarricenses es _____.

   Un(a) autor(a) que escribe libros para los niños de los Estados Unidos es _____.

3. Un astronauta de origen costarricense que logró grandes éxitos (*great success*) es _____.

   Otro astronauta estadounidense que logró mucho en su carrera es _____.

4. Un artefacto que es símbolo de la cultura de Costa Rica es _____. Un artefacto

   representativo de la cultura de los EE.UU. es _____.

5. Un producto de exportación que crece con facilidad (*that grows easily*) en la tierra volcánica del país y que

   contribuyó mucho a la prosperidad económica de Costa Rica es _____. Un producto

   que crece con facilidad en los Estados Unidos y que contribuyó mucho a la prosperidad durante la época

   colonial es _____.

Nombre _____ Fecha _____

CA7-20 Imágenes de Costa Rica. Antes de mirar el vídeo sobre Costa Rica, completa estas oraciones con las palabras más lógicas de la lista.

batalla *battle* **gozan de** *enjoy*
cubre *covers* **himno** *anthem*
fuerte *fort* **paz** *peace*
rodeada *surrounded* **pulmón** *lung*

1. Costa Rica _____ 0.01% del planeta Tierra pero contiene *(contains)* 5% de su biodiversidad.

2. Costa Rica está _____ de valles *(valleys)* y montañas.

3. Los 4 millones de habitantes _____ la belleza *(beauty)* natural de esta república democrática.

4. El Museo Nacional, en San José, era antes un _____.

5. El Monumento Nacional, en el Parque Nacional, representa la victoria de Costa Rica contra los filibusteros

   (filibusters) en la _____ de 1856.

6. El Parque Metropolitano La Sabana es un "_____" de la ciudad.

7. Costa Rica es un país privilegiado *(privileged)* donde reinan *(reigns)* la _____ y la tranquilidad.

8. El _____ nacional dice "que vivan siempre el trabajo y la paz".

¡Vamos a leer!

Lectura A: Historias de horror: Trágame, tierra

We've all had those moments when—totally embarrassed or humiliated—we wish we could just disappear. In Spanish, that feeling is conveyed by the expression **"Trágame, tierra"** *("May the earth swallow me up").* The following true anecdotes provide perfect examples of this sentiment.

Historias de horror
Trágame, tierra

Historia A: Fernando y Federico
Una vez tuve que hacer un proyecto de ciencias con un compañero de clase que apenas° conocía. Compartimos un día entero buscando información y trabajando en la redacción de aquel trabajo. Llevábamos casi ocho horas juntos° y él nunca había dicho° mi nombre. Pensé entonces que probablemente no lo sabía, entonces le dije:

"Fernando, ya llevamos casi ocho horas juntos y todavía no sabes mi nombre". Él me respondió: "Tú tampoco; me llamo Federico". ¡Qué vergüenza!

Historia B: Los chocolates
El año pasado mi novio me invitó a salir a comer para celebrar el Día de los Enamorados. Cuando llegó el día, me sorprendió con un bello ramo de rosas rojas y una caja de chocolates. Los chocolates se veían tan deliciosos que no me aguanté las ganas de° comerme uno antes de llegar al restaurante. ¡Hasta guardé° unos cuantos en mi bolsillo° para más

hardly

We had been together for almost eight hours
hadn't said

I couldn't stop myself from

I even put
pocket

tarde! Después de la cena, me acordé de los chocolates guardados y noté que estaban derretidos° en mi bolsillo. Salí del restaurante con pantalones blancos embarrados° de chocolate por todas partes. ¡Estaba mortificada!

Historia C: Los zapatos
Nunca olvidaré el día en que conocí a los padres de mi primera novia. Estaba muy nervioso y por eso me preparé por muchos días. Practiqué cómo los iba a saludar y lo que iba a decir para darles una buena impresión. Por fin llegó el día

señalado°. Cuando llegué a la casa de mi novia, todos me estaban esperando: los padres, los abuelos, los hermanos y hermanas y un tío. Nos presentamos y nos sentamos en la sala. El ambiente estaba tenso y sentía los ojos del padre revisándome de pies a cabeza°. Traté de° calmarme: ¿Por qué temer° si todo estaba cuidadosamente planeado°? Pero en uno de los momentos de la conversación, miré hacia el piso y ¡me di cuenta de que° me había puesto un zapato de un color y otro de otro! ¡Qué fiasco!

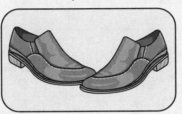

appointed day

melted

smeared

looking me over from head to toe / I tried to / Why be afraid

carefully planned

I realized that

CA7-21 Estrategia: Resumir. As you read the stories about embarrassing moments, you will practice the technique of summarizing. Read more about this strategy in the box. Then, complete the activity.

> **Estrategia:** *Summarizing*
> Summarizing (**resumir**) is a useful way of checking comprehension of stories, explanations, or articles. It also helps us remember material more effectively. To summarize, we restate and synthesize the information in our own words. The emphasis should be on providing a balance of main ideas and details and on showing the connection between main ideas.

1. Create a succinct, accurate summary in English of "Fernando y Federico" (Historia A) by selecting three of the statements below. Number these statements in their correct order, from 1 to 3. Put an X by the two statements that do not form part of the story.

   ___2___ **a.** After working together for nearly eight hours, she complained to "Fernando" that he still didn't know her name.

   ___1___ **b.** A girl had to work on a class project with a boy she didn't know well.

   ___X___ **c.** They spent the whole day in the science lab working on the experiment.

   ___3___ **d.** "Fernando" replied that she didn't know his either, as his name was actually Federico.

   ___X___ **e.** As it turned out, "Fernando" was the name of his twin brother!

2. Create a short summary in Spanish of "Los chocolates" (Historia B) by numbering the statements in their correct order from 1 to 5.

_2_ **a.** También, le dio flores y chocolates.

_5_ **b.** La chica sintió mucha vergüenza porque su ropa estaba cubierta de chocolate.

_1_ **c.** Un chico invitó a su novia a salir a comer.

_4_ **d.** Mientras comían en el restaurante, los chocolates se derritieron (melted).

_3_ **e.** Antes de salir, la chica comió uno de los chocolates y puso dos o tres más en el bolsillo de sus pantalones.

3. Write a short summary in English of "Los zapatos" (Historia C).

They wore two different collored shoes

_____

_____

_____

_____

CA7-22 Un resumen. Which of the **Historias de horror** is your favorite? Write a brief summary in Spanish of that story here. Choose from stories A or C.

_____

_____

_____

Lectura B: "El tiovivo"

The merry-go-round or **tiovivo** is one of the favorite rides of children around the world. It is also a key part of this short story by Spanish author Ana María Matute. Matute, born in Barcelona in 1926, is one of the most important and most prolific Spanish authors of the post-Civil War period (1936–1939). Many of her works are characterized by pessimism and alienation, and this particular story is part of a collection dedicated to "*niños alegres en un mundo triste o niños tristes en un mundo alegre.*"

CA7-23 El tiovivo. As you read the story "El tiovivo," answer the study-guide questions in English.

Ana María Matute
El tiovivo

El niño que no tenía perras gordas° merodeaba° por la feria con las manos en los bolsillos, buscando por el suelo. El niño que no tenía perras gordas no quería mirar al tiro al blanco°, ni a la noria°, ni, sobre todo, al tiovivo de los caballos amarillos, encarnados y verdes, ensartados en barras de oro. El niño que no tenía perras gordas, cuando miraba con el rabillo del ojo°, decía: "eso es una tontería° que no lleva a ninguna parte. Sólo da vueltas y vueltas°, y no lleva a ninguna parte".

coins, money
was wandering

target game / Ferris wheel

looked out of the corner of his eye
a stupid old thing
turns round and round

As the little boy was wandering through the fair-grounds, he kept looking down at the ground. What was he looking for? Why does he call all the rides and games "stupid old things"?

_____

_____

_____

Un día de lluvia, el niño encontró en el suelo una chapa redonda de hojalata°; la mejor chapa de la mejor botella de cerveza que viera nunca. La chapa brillaba tanto que el niño la cogió y se fue corriendo al tiovivo, para comprar todas las vueltas. Y aunque llovía y el tiovivo estaba tapado con la lona°, en silencio y quieto, subió en un caballo de oro, que tenía grandes alas°. Y el tiovivo empezó a dar vueltas, vueltas, y la música se puso a dar gritos por entre la gente, como él no vio nunca.

a round, tin bottle cap

covered with a canvas
wings

On another day, when the boy finds a shiny bottle cap, what does he imagine it to be? Although the fair is closed because of the rain, what does the boy do in his imagination?

_____

_____

_____

Pero aquel tiovivo era tan grande; tan grande que nunca terminaba su vuelta, y los rostros de la feria, y los tolditos°, y la lluvia, se alejaron de él°. "Qué hermoso es no ir a ninguna parte", pensó el niño, que nunca estuvo tan alegre. Cuando el sol secó la tierra mojada°, y el hombre levantó la lona, todo el mundo huyó, gritando°. Y ningún niño quiso volver a montar en aquel tiovivo.

Ediciones Destino, S.A.

little awnings
moved far away

dried up the wet ground

everyone ran away, shouting

What do you think happened to the little boy while he was on the merry-go-round? Why did children no longer want to ride on the merry-go-round?

_____

_____

_____

CA7-24 Comprensión. Lee el cuento "El tiovivo" y completa las oraciones a continuación.

_____ 1. Este cuento tiene lugar *(takes place)* en _____.

    a. una película   **b.** una feria   **c.** un partido de fútbol

_____ 2. El protagonista del cuento es _____.

    a. un niño pobre   **b.** un niño de la clase alta   **c.** la mamá de un niño

_____ 3. El niño mira el suelo *(the ground)* porque _____.

    a. se le cayó el helado   **b.** lleva zapatos nuevos   **c.** espera encontrar dinero

_____ 4. En la imaginación del niño, la chapa *(bottle cap)* es _____.

    a. una moneda *(a coin)*   **b.** un juguete *(a toy)*   **c.** un artefacto de un extraterrestre

_____ 5. El niño decide usar la chapa para comprar _____.

    a. un regalo para su mamá   **b.** dulces y refrescos   **c.** boletos para el tiovivo

_____ 6. Al final del cuento, algo _____ ocurre.

    a. terrible   **b.** cómico   **c.** muy bueno

¡Vamos a escribir!

CA7-25 Estrategia: La narrativa personal. A personal narrative is a story about a particular experience in your life and the impact it had on you. Read the tips on how to write an effective personal narrative and complete the activities that follow.

Estrategia: *Writing a personal narrative*

Clave 1: El tema. Choose an interesting experience from your life as the topic for your personal narrative. Think about what you saw, did, heard, and felt during this experience. What meaning did this experience hold for you? Include the events, your feelings, and the significance of the experience in your narrative.

Clave 2: La estructura. Tell your story in chronological order and organize it into three parts.

- **Situación:** Begin with a sentence that captures your reader's attention. Then, go on to set the scene: Where were you? When did this experience take place? What were you doing?

- **Cuerpo:** In the main part of your narrative, tell what happened. Sequence the actions so that they build to a high point (**el punto culminante**). Include descriptions of how you felt so that your reader can experience the events through your story.

- **Desenlace:** Explain how the experience came to a close. Describe what you learned, why the experience was meaningful, or what importance you attached to the experience. (Note: The statement about the meaning of the experience may also be placed in the introduction to the narrative.)

"La mamá omnisciente" focuses on an experience from the narrator's childhood. Read this anecdote and complete the sentences.

La mamá omnisciente

Las madres lo saben todo. Aprendí esta dura lección cuando tenía ocho años. En esa época, vivíamos en una casa cerca de un río. Mamá me había advertido (*had warned*) muchas veces que yo no debía ir allí a solas, porque el río era profundo y peligroso. Pero un día, no pude resistir más la tentación y mi amiga Kathy y yo fuimos al río. No parecía tan peligroso a nuestros ojos de niñas, así que nos atrevimos (*we dared*) a caminar un poco por la orilla (*bank*) del río. De pronto, nos dimos cuenta (*we realized*) de que teníamos los calcetines y los zapatos cubiertos de lodo (*mud*). ¡Qué horror! Mamá iba a descubrir nuestro secreto. Corrimos a mi casa, donde intentamos limpiarnos un poco. Pero cuando entramos a la cocina, mamá nos miró de pies a cabeza y nos preguntó si habíamos estado en el río. Me sentí completamente avergonzada (*embarrassed*) y confesé que sí habíamos ido al río. Como castigo (*punishment*), pasé el resto de la semana sin poder salir de casa. Nunca volví a tratar de engañar (*to deceive*) a mi mamá.

---

1. The author chose this topic to illustrate ___.

   a. the fear she felt at the river
   b. the close friendship she had with her friend Kathy
   c. a lesson she learned during her childhood

2. Indicate whether the following statements from the narrative are part of the **situación, cuerpo,** or **desenlace,** by writing **S, C,** or **D** beside each statement.

   __S__ a. En esa época, vivíamos cerca del río.

   __S__ b. ...el río era profundo y peligroso.

   __C__ c. Mi amiga Kathy y yo fuimos al río.

   __C__ d. De pronto descubrimos que teníamos los calcetines y los zapatos cubiertos de lodo.

   __C__ e. Me sentí completamente avergonzada.

   __D__ f. Como castigo, pasé el resto de la semana sin poder salir de casa.

CA7-26 Mi narrativa personal. Write a narrative of twelve to fifteen sentences in length in which you recount a personal experience that is especially memorable or important to you. Develop your story in chronological order and include the three parts: **la situación, el cuerpo, el desenlace.** Be sure to begin with a topic sentence that grabs your reader's attention and to end with a sentence that explains the meaning of this experience to you.

Here are some useful phrases to help you organize your narrative:

En esa época... *At that time / Back then . . .*
Antes... *Before . . .*
Luego *Next / Then*

Mientras *While*
De repente / De pronto *Suddenly*

_____

_____

_____

_____

_____

_____

_____

_____

_____

_____

_____

Phrases: Describing objects; describing people; describing places; describing the past; expressing time relationships; talking about past events; sequencing events.

Vocabulary: Emotions: negative; emotions: positive; time.

Grammar: Verbs: Imperfect, preterite, preterite and imperfect.

Todo oídos

La emisora de radio WSEC 104.5 les presenta...

"El tiempo y la diversión". Antes de hacer planes con tus amigos para el fin de semana, decides consultar con la fabulosa emisora WSEC para ver qué te interesa hacer. Como siempre debes estar listo(a) para tomar apuntes sobre la información que vas a escuchar.

TRACK 23 **CA7-27 El tiempo.** Tu amigo César te invitó a ir al lago con su familia este fin de semana. Pero antes de aceptar, decides consultar el pronóstico del tiempo. Escucha el pronóstico; escribe la temperatura y escoge entre los diferentes símbolos del tiempo para el viernes, el sábado y el domingo. Después, responde a la invitación de César.

El pronóstico del día

1. el viernes

   a.

   b. temperatura mínima: _____

   c. temperatura máxima: _____

2. el sábado

   a.

   b. temperatura mínima: _____

   c. temperatura máxima: _____

3. el domingo

   a.

   b. temperatura mínima: _____

   c. temperatura máxima: _____

🔊 **CA7-28 La respuesta.** Después de escuchar el pronóstico, necesitas responder a la invitación de César. Escribe
TRACK 23 aquí tu respuesta. Incluye una justificación.

_____

_____

_____

_____

_____

🔊 **CA7-29 El carnaval.** Siempre te diviertes mucho en el carnaval que se celebra anualmente en la ciudad donde
TRACK 24 vives. Escucha el anuncio que menciona algunas de las actividades programadas durante el evento. Luego,
completa las oraciones a continuación.

_____ 1. El Carnaval dura _____.

    a. un fin de semana

    b. una semana

    c. dos semanas

_____ 2. Los eventos deportivos incluyen correr y jugar al _____.

    a. golf

    b. fútbol

    c. tenis

_____ 3. El concierto es de música _____.

    a. jazz

    b. rock-n-roll

    c. del Caribe

_____ 4. El cuatro de marzo hay _____.

    a. un espectáculo de baile

    b. un certamen *(contest)* para escoger a Miss Carnaval

    c. una fiesta con platos internacionales

La pronunciación

Escucha la pronunciación de las letras **v**, **b** y **d**, y repite las palabras.

🔊 **CA7-30 Las letras v y b.** In English, the letters *b* and *v* are pronounced in two different ways. In Spanish, whether
TRACK 25 you have a **b** or a **v**, you must follow these rules of pronunciation.

1. The letters **b** and **v** are both pronounced like the *b* in *boy* when one is the first letter of a word and after the
letters **n** and **m**. They are also pronounced in this way when the **b** or **v** is the first letter of a breath group, that
is, when you first begin speaking, or right after a pause. Listen and repeat the words and sentences.

    un boleto

    en Valencia

    invitación

    Vamos a una fiesta.

    Bien, gracias.

2. In all other positions, the letters **b** and **v** make a sound that is somewhat like a combination of the sounds these letters make in English. To make this sound, bring your lips close together, but not as close as if you were making an English *b*. Listen and repeat the words and sentence.

> **a veces**
> **nieve**
> **abundante**
> **El festival es el sábado.**

3. Try the following tongue-twister:

> **Buscaba el bosque Francisco,**   *Francisco was looking for the forest,*
> **un vasco bizco muy brusco,**   *a tough, cross-eyed Basque was he,*
> **y al verlo le dijo un chusco:**   *and, upon seeing him, a witty man said:*
> **"¿Buscas el bosque vasco bizco?"**   *"Are you looking for the forest, you cross-eyed Basque?"*

 CA7-31 La letra *d*. In Spanish, the letter **d** is pronounced in two ways, depending on its location.

TRACK 26

1. The letter **d** is pronounced like the *d* in the English word *doll* when it is the first sound of a breath group, or when it comes after the letters **l** or **n**. Listen and repeat the words and sentence.

> **Dalia es cubana.**
> **la independencia**
> **rebelde**
> **¿Dónde está Esmeralda?**

2. In all other positions, the letter **d** is pronounced with a slight *th* sound, as in the English word *then*. Listen and repeat the words and sentence.

> **pedimos**
> **ustedes**
> **El sábado es la Navidad.**

Somos turistas

Paso 1

CA8-1 Por la ciudad. ¿Qué pueden hacer los turistas por la ciudad? Relaciona las dos columnas de la manera más lógica. (**Vocabulario temático, págs. 266–267**)

b̶ _e_ 1. Los turistas pueden tomar el avión... **a.** en el correo.

c _d_ 2. Se puede ver arte religioso... **b.** en el aeropuerto.

f _b_ 3. Se puede comprar tarjetas postales... **c.** en la catedral.

a _f_ 4. Se puede comprar sellos... **d.** en la farmacia.

h _c_ 5. Se puede reportar un robo (robbery)... **e.** en el banco.

d _g_ 6. Se puede comprar medicina... **f.** en la papelería.

e _a_ 7. Se puede cambiar dinero... **g.** en la oficina de turismo.

g _h_ 8. Se puede conseguir (get) un mapa... **h.** en la comisaría.

CA8-2 ¿Dónde está? Mira la X para saber dónde está el lugar adonde el turista quiere ir. Escoge la expresión de ubicación correcta. (**Vocabulario temático, págs. 266–267**)

a _a_ 1. —Por favor, ¿dónde está la papelería?
—Está _____ la farmacia y el banco. | farmacia | **X** | banco |

 a. entre **b.** en la esquina de **c.** delante de

c _c_ 2. —Oiga, ¿dónde está la comisaría?
—Está _____ la iglesia Mercedes. **X** | iglesia |

 a. lejos de **b.** a la derecha de **c.** a la izquierda de

a _a_ 3. —Disculpe, ¿dónde está el banco?
—Está _____ del correo. | correo | **X**

 a. delante **b.** a la derecha **c.** al final

b _b_ 4. —Por favor, ¿dónde está la oficina de turismo?
—Está _____ del museo de arte. | museo | **X**

 a. enfrente **b.** al lado **c.** entre

c _b_ 5. —¿Dónde está el Hotel Oro? **X**
—Está _____ de la estación del tren. | estación del tren |

 a. lejos **b.** a la izquierda **c.** detrás

CA8-3 En Ecuador. Tu nuevo amigo ecuatoriano te está describiendo algunas costumbres de Ecuador. ¿Qué aprendes de él? Escribe oraciones como las del modelo. Tienes que incorporar el **se pasivo/impersonal.** (Estructuras esenciales, pág. 267)

MODELO   hablar / quichua / en la Sierra [las montañas]
Se habla quichua en la Sierra.

1. en El Oriente / servir / muchos platos con yuca
   En el Oriente se sirven muchos platos con yuca

2. viajar / mucho / en autobús / en las ciudades
   Se viaja mucho en autobús en las ciudades

3. en la Sierra / comer / locro de papas [una sopa de papas y queso] / con frecuencia
   En la Sierra se come locro de papas con frecuencia

4. practicar / el fútbol, el vóleibol y el básquetbol
   Se practican el fútbol, el vóleibol y el básquetbol

5. decir / "buen provecho" / antes de comer
   Se dice "buen provecho" antes de comer

6. usar / los títulos don y doña / con frecuencia
   Se usan los títulos don y doña con frecuencia

7. visitar / los cementerios / el 2 de noviembre
   Se visitan los cementerios el 2 de noviembre

8. llevar / ropa tradicional / en las zonas rurales
   Se lleva ropa tradicional en las zonas rurales

CA8-4 En Otavalo. Un turista, que está en la Plaza Bolívar de Otavalo, Ecuador, le pide a un señor cómo llegar a un mercado. Completa la conversación con las palabras más lógicas de la lista. (Vocabulario temático, pág. 270)

camine	cómo	cuadras	derecho	esquina
cerca	cruzar	derecha	dónde	tome

TURISTA: Por favor, ¿(1) *Dónde* se va al Mercado Copacabana?

RESIDENTE: Pues, (2) *esquina* 300 metros por esta calle.

TURISTA: Ah, entonces está bastante (3) *cruzar* .

RESIDENTE: Sí, señor, está a tres (4) *camine* de aquí, a la (5) *tome* , entre la
             Iglesia El Jordán y la estación del tren.

TURISTA: La Iglesia El Jordán está en la (6) *cerca* de la calle Bolívar, ¿verdad?

RESIDENTE: No, no. Está en esta calle. Usted no tiene que (7) *derecha* ninguna calle. Siga
             todo (8) *cuadras* . No hay pérdida (*There's no way to get lost.*).

Nombre _____ Fecha _____

CA8-5 Por favor, ¿cómo se va a...? Trabajas en la recepción del Hotel de la Victoria. Varios turistas te preguntan cómo ir a varios lugares. Usa el mapa para darles la información necesaria. **¡Ojo!** En algunos casos tienes que usar mandatos formales (**Ud.**). (**Vocabulario temático, pág. 270; Gramática, págs. 273–274**)

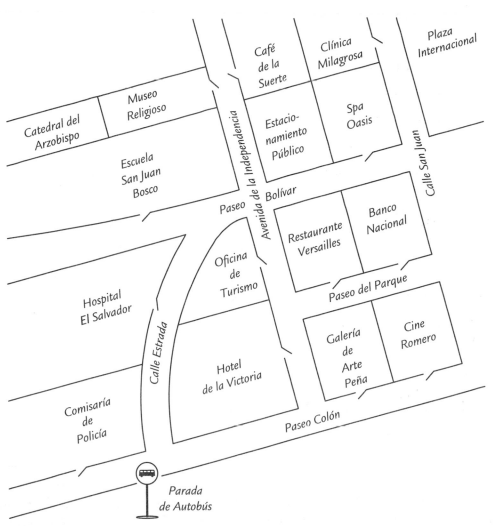

1. ¿Dónde está el Banco Nacional? ¿Se puede ir a pie?

    El Banco Nacional esta derecha de Restaurante Versailles

    _____

2. Perdón, ¿cómo se va a la Plaza Internacional?

    La Plaza international derecha de Spa Oasis y Clinica
    milagrosa

3. Por favor, ¿para ir al Café de la Suerte?

    Camine en la calle Estrada y villa a la izquierda en la
    calle avenida de la Independencia Cafe de la Suerte en la derecha

4. Dígame, ¿cómo se va al Cine Romero?

    Camine en el Paseo Colón y la Cine Romero en la izquierda

5. ¿La Oficina de Turismo? ¿Está cerca?

Cerca de aquí. Camine la calle estrada. Vaya a la esquina de Paseo Bolívar, en la derecha.

6. Quiero tomar el autobús. ¿Hay una parada por aquí?

Es cerca de aquí. Camine en Paseo Colón, en la izquierda

CA8-6 Las islas Galápagos. Un turista quiere visitar las islas Galápagos. ¿Qué consejos le da el agente de viajes? Completa las siguientes oraciones con la forma del mandato singular (**Ud.**) de los verbos entre paréntesis. (**Gramática, págs. 273–274**)

1. (Saber) ~~Sabes~~ **Sepa** que no pueden llevar más de 44 libras en equipaje.

2. (Pagar) ~~Pagas~~ **Pague** $100 por persona para entrar al Parque Nacional Galápagos.

3. (Estar) **Esté** por lo menos cinco días para disfrutar de este lugar mágico.

4. (ir) No ~~Van~~ **Vaya** a las islas Galápagos para descansar sino para aprender de la naturaleza.

5. (Hacer) ~~Haces~~ **Haga** *snorkeling* o (bucear) **bucee** en las aguas del archipiélago.

6. (Vestirse) ~~Vístese~~ **vístase** de forma casual: pantalones cortos y camisetas.

7. (Llevar) ~~Llevando~~ **lleve** zapatos deportivos y calcetines para hacer caminatas.

8. (Usar) **Use** protector solar con SPF 30 o mayor.

9. (olvidarse) ¡No se **olvide** su cámara fotográfica!

CA8-7 Una visita. Varios estudiantes ecuatorianos van a tu campus para estudiar inglés por tres meses en el verano. ¿Qué les recomiendas? Contesta las preguntas con oraciones completas usando mandatos formales plurales (**Uds.**). (**Gramática, págs. 273–274**)

MODELO   ¿Cuánto dinero debemos traer?
          Traigan un mínimo de $200 por semana.

1. ¿Qué tipo de ropa debemos llevar en la universidad?

_____

2. ¿Qué lugares debemos visitar?

_____

3. ¿Dónde debemos comer?

_____

4. ¿Qué platos típicos debemos pedir?

_____

5. ¿Dónde podemos alquilar un auto?

_____

Paso 2

CA8-8 Las partes del cuerpo. Escoge la(s) parte(s) del cuerpo más lógica(s) para completar cada oración. Puede haber una respuesta correcta (por ejemplo, b.), dos respuestas correctas (por ejemplo, a. y c.) o tres respuestas correctas (a., b. y c.). **(Vocabulario temático, pág. 277)**

_____ 1. Carlos corrió sin zapatos y ahora le duelen _____.

    a. los pies   **b.** los codos   **c.** las manos

_____ 2. Fumar *(Smoking)* es malo para _____.

    a. el brazo   **b.** el corazón   **c.** los pulmones

_____ 3. A Alicia le duelen _____ porque leyó sin sus anteojos *(glasses)*.

    a. las orejas   **b.** los ojos   **c.** los dedos

_____ 4. El dentista me examinó _____.

    a. los dientes   **b.** la boca   **c.** la muñeca

_____ 5. Umberto levanta pesas *(weights)* para tener músculos en _____.

    a. el pecho   **b.** la garganta   **c.** el estómago

_____ 6. A Marta le duelen _____ porque el concierto de rock era muy fuerte *(loud)*.

    a. los pulmones   **b.** los dedos   **c.** los oídos

_____ 7. No puedo esquiar porque me duele _____.

    a. la rodilla   **b.** el tobillo   **c.** la pierna

_____ 8. Por lo general, el cuerpo humano tiene dos _____.

    a. espaldas   **b.** cabezas   **c.** hombros

CA8-9 El extraterrestre. Mientras visitabas unas ruinas cerca de Cotacachi, viste un extraterrestre *(alien, extra-terrestrial)*. ¿Cómo era? Describe con detalles su aspecto físico. Escribe los verbos en el imperfecto. **(Vocabulario temático, pág. 277)**

MODELO   El extraterrestre era un poco bajo y...

tres ojos con grande
pies.
Yo es cinco y media alto,
dos brazos, dos piernas,
dos ojos de verde.

CA8-10 Los dolores. ¿Qué les duele a las personas? ¿Por qué? Sigue el modelo. Escoge la parte del cuerpo más lógica para completar la oración y usa **duele / duelen** con un complemento indirecto (**me, te, le, nos, les**). (Vocabulario temático, pág. 277)

MODELO   ¿Qué le pasa a Elena?
          Le duelen (los pies / los brazos) porque bailó toda la noche.

1. ¿Qué te pasa?
   me duele la garganta (el codo / la garganta) porque grité mucho durante el partido de fútbol.

2. ¿Qué les pasa a los niños?
   Les duele estómago (el pecho / el estómago) porque comieron muchos dulces.

3. ¿Qué le pasa a Ud.?
   _____ (los ojos / las orejas) porque no dormí bien anoche.

4. ¿Qué les pasa a Rita y a Linda?
   _____ (los dientes / los brazos) porque levantaron pesas por dos horas ayer.

5. ¿Qué le pasa al abuelo?
   _____ (las rodillas / los dedos) porque corrió dos kilómetros anteayer.

6. ¿Qué les pasa a Uds.?
   _____ (la espalda / la nariz) porque trabajamos mucho en el jardín el fin de semana pasado.

CA8-11 En el consultorio médico. ¿Quién está hablando según el contexto del dibujo? Indica si es Julio, la Dra. Vega o ninguno de los dos. (Vocabulario temático, pág. 280)

	Julio	Dra. Vega	Ninguno
1. Tengo tos y me duele el pecho.	☒	☐	☐
2. Me caí de la bicicleta y me torcí un tobillo.	☒	☐	☒
3. ¿Tiene Ud. vómitos?	☐	☒	☐
4. Me corté el brazo también.	☐	☐	☒
5. Creo que tengo fiebre.	☒	☐	☐
6. Ud. tiene bronquitis.	☐	☒	☒
7. ¿Qué debo hacer?	☒	☒	☐
8. Quiero que guarde cama.	☒	☒	☒
9. ¿Tengo que tomar antibióticos?	☐	☒	☐
10. Le recomiendo que tome una pastilla dos veces al día.	☒	☐	☐
11. Voy a recetarle un jarabe también.	☒	☐	☐
12. Es una intoxicación alimenticia.	☐	☐	☒

Julio   Dra. Vega

CA8-12 ¿Qué me recomienda? Completa la recomendación que la doctora López les da a sus pacientes. Escoge un verbo lógico de la lista y escribe el mandato formal (**Ud.**). (**Vocabulario temático, pág. 280**)

beber	consultar	hacer	tomar
comer	descansar	ir	volver

1. SRA. ALONSO: Tengo mucha tos.

   DOCTORA: No es nada grave. Ud. tiene un resfriado. ~~Coma~~ *Beba* mucho jugo de naranja.

   También, *descanse* en casa por unos días.

2. SR. MEDINA: Tengo el colesterol muy alto, ¿no?

   DOCTORA: Sí, usted necesita cambiar su dieta. Primero, *coma* más vegetales y menos

   carne roja. También, usted no hace mucho ejercicio. Entonces, ~~consulte~~ *haga*

   ejercicios aeróbicos todos los días.

3. SRTA. PINEDA: Me duele todo el cuerpo. Creo que tengo la gripe.

   DOCTORA: Me parece que sí. Tiene la gripe. ~~Hacer~~ *Tome* estas pastillas.

   Y *vuelva* al consultorio en una semana.

4. SRA. CAMACHO: Me caí y ahora me duele mucho la cabeza.

   DOCTORA: Para eliminar alguna consecuencia grave, *ir* al hospital

   inmediatamente. Además, *tome* a un especialista si los dolores persisten.

CA8-13 La doctora Pacheco. ¿Qué consejos les da la doctora Pacheco a sus pacientes? Escoge la frase más lógica de la lista y escribe el verbo en el presente del subjuntivo. Nota: La doctora Pacheco trata a sus pacientes de **usted.** (**Gramática, págs. 284–285**)

ver a un quiropráctico (*chiropractor*)	**probar este jarabe**
hacerse un análisis de sangre	**sacarse unas radiografías**
no comer comida basura (*junk food*)	**tomar estos antibióticos**

1. PACIENTE: Comí papas fritas y ahora me duele el estómago.

   DOCTORA: Es importante que *no coma comida basura*

2. PACIENTE: Creo que me rompí el brazo patinando.

   DOCTORA: Es necesario que se ~~probar este jarabe~~ *se saque unas radiografías*

3. PACIENTE: Tengo una infección en el oído derecho. Me duele mucho.

   DOCTORA: Es mejor que *tome estos antibióticos*

4. PACIENTE: La verdad es que no sé cómo está mi colesterol.

   DOCTORA: Le recomiendo que ~~hacerse~~ un análisis de sangre *se haga*

5. PACIENTE: Tengo una tos horrible, doctora.

DOCTORA: Quiero que _pruebe este jarabe_ _____

_____

6. PACIENTE: Me lastimé la espalda y me duele mucho.

DOCTORA: Es aconsejable que _vea a un quiropráctico_ _____

_____

CA8-14 ¡Me siento mal! ¿Qué les pasa a estas personas y qué recomendaciones les dan? Usa la imaginación para escribir diálogos entre ellos. Hay que incluir:

- preguntas y respuestas
- descripción de los síntomas
- recomendaciones para sentirse mejor

(Vocabulario temático, pág. 280; Gramática, págs. 284–285)

MODELO

ALBERTO: *Ay, doctora. Estudié toda la noche y ahora me duele la cabeza.*

DRA. MILAGROS: *No es nada grave. Usted necesita dormir más. Tome dos aspirinas para el dolor y duerma una siesta. ¡No lea nada por 24 horas!*

ALBERTO: *¿Y si no me siento mejor?*

DRA. MILAGROS: *Le recomiendo que llame al consultorio si no se siente mejor mañana.*

1. En la farmacia

FARMACÉUTICO: _¿Qué es problema?_ _____

_____

SRA. CORTÉS: _Es me estómago, desde ayer por la noche me duele mucho._

FARMACÉUTICO: _Es problamente algo que comió, tomar un antiácido_

SRA. CORTÉS: _No problemo señor, gracias_

2. El accidente

BERNARDO: _Yo siento, señor, yo no_
vi el elephente en la carretera.

POLICÍA: _Es difícil pasar por alto, voy a_
tener que escribe por la crueldad
animal

BERNARDO: _Esto es horrible, creo que_
voy a vomitar

POLICÍA: _Ver mis zapatos_

Un paso más

Panorama cultural

CA8-15 ¿Qué recuerdas? Lee la información sobre Ecuador en la sección **Panorama cultural** de tu libro de texto *Puentes* y completa los datos que se mencionan sobre Ecuador. También, completa la información sobre los Estados Unidos. (**Panorama cultural, págs. 290–291**)

	Ecuador	**Los Estados Unidos**
1. Un grupo indígena que habita el territorio	X quechua	native american
2. País que tenía control del territorio antes de la independencia	España	X england
3. Unas islas que forman parte del país	X galapagos	Hawaii
4. Un(a) líder muy admirado(a)	X espejo	MLK
5. Un ídolo deportivo	quezada	X Galvez/Argelos
6. Un conflicto fronterizo (border)	X Peru	

CA8-16 Imágenes de Ecuador. Antes de mirar el vídeo sobre Ecuador, mira esta lista de vocabulario importante y completa las oraciones con las palabras o frases adecuadas.

cerros *hills, mountains*

cordillera *mountain range*

nivel del mar *sea level*

paseo dominical *Sunday stroll*

Patrimonio de la Humanidad *World Heritage Site*

primaveral *spring-like*

reflejo *reflection*

selva amazónica *Amazon jungle*

1. La _~~cerros~~ cordillera_ de los Andes pasa por Ecuador.

2. Quito, la capital de Ecuador, está a 2850 metros sobre el _nivel del mar_

3. Quito tiene un clima _~~cordillera~~_ *primavera* todo el año.

4. Los incas construyeron rutas desde el centro de Quito hacia los _~~reflejo~~_ *cerros* altos.

5. Quito, el segundo centro histórico más grande de América, es _~~selva amazónica~~_. *Patrimonio de la Humanidad*

6. La parte moderna de Quito es _~~Patrimonio de la Humanidad~~_ *reflejo* de la vida acelerada de los quiteños.

7. Un _paseo dominical_ por el Mercado Mariscal o por el parque El Ejido ofrece la oportunidad de comprar artesanías indígenas y de probar comida ecuatoriana.

8. Ecuador tiene playas, montañas y _~~primavera~~ selva amazónica_: perfecto para el turismo ecológico.

¡Vamos a leer!

Lectura A: Turismo médico en Ecuador

Tourism is an important industry in Latin America. The following article gives information about a rapidly growing type of tourism: medical tourism. As you read the article, you will practice the strategy of **recognizing word families** to improve comprehension.

Turismo médico en Ecuador

Ecuador, país de costas, montañas y junglas, no es solamente un destino excelente para el turismo ecológico sino también para el turismo médico. Este tipo de turismo consiste en viajar a otro país para obtener tratamiento médico a un costo mucho más bajo, y a la vez, disfrutar de unas vacaciones.

Cada vez más turistas-pacientes viajan a Ecuador en busca de atención de salud de alta calidad y bajos precios. ¿Y por qué no? Ecuador tiene muy buenos médicos y dentistas, un personal sumamente servicial y los precios son muy asequibles. El turista-paciente, además de recibir tratamiento médico excelente y barato, tiene la oportunidad de pasear y conocer sitios de interés histórico y cultural, museos, centros comerciales y mucho más.

Hay varias agencias con presencia en Internet que ofrecen paquetes de turismo médico. Un paquete usualmente incluye los siguientes servicios:

- cirugía o tratamiento (incluyendo exámenes, citas médicas, anestesia, hospitalización)
- alojamiento en un hotel de cinco estrellas
- transporte al aeropuerto, citas médicas, hospital y lugares turísticos
- alimentación (desayuno, almuerzo y cena)
- enfermera(o) disponible las 24 horas
- teléfono celular
- manicura, pedicura y corte de pelo

Los tratamientos médicos más buscados en Ecuador son las cirugías plásticas, reconstructivas y estéticas. Este tipo de cirugía, que no cubren los seguros de los pacientes, lo ofrecen los cirujanos plásticos de Ecuador por mitad del precio que en los Estados Unidos o Europa. Otras personas viajan para ir al dentista o tener operaciones más sofisticadas como de cardiología.

El turismo médico crece rápidamente en toda América Latina, posiblemente convirtiéndose en una de las mayores industrias del siglo XXI. En 2008, el turismo de salud dejó ingresos de $60 millones en el pequeño país de Costa Rica. En Argentina, la cantidad de cirugías crece entre 10 y 15 por ciento cada año. Muchos países, como Panamá y México, realizan inversiones en hospitales-hoteles de cinco estrellas para turistas que vienen en busca de tratamientos médicos a un precio bajo y con una atención más personalizada.

CA8-17 Estrategia: Reconocer familias de palabras. In Chapter 1, you learned to recognize cognates and use context to decipher the meaning of an unfamiliar word. Another useful strategy is recognizing word families. Read more about this strategy and then complete the activity below.

Estrategia: *Recognizing word families*

A **word familiy** is a group of words that are related in meaning because they share the same lexical root. For example, **migrar, inmigrante, migración, migratorio** all share the root **migra** and all have to do with "changing residence." If you can determine what word family an unfamiliar word belongs to, you can then deduce its meaning with confidence. In the reading "Turismo médico en Ecuador," the word **servicial** (1st main paragraph, 3rd sentence) might be new to you, but you know it has something to do with "serving or obliging," just like other terms in its word family: **servir, servicio, servidor, servible.**

Complete the following lists of word families with vocabulary found in "Turismo médico en Ecuador."

1. medicina, _médico_, médicas, medicinal, medicamento

2. hospital, hospitalario, _hospitalización_, hospitalero

3. busca, buscar, _buscados_, buscador

4. tratar, tratado, tratable, tratador, _tratamientos_

5. turismo, _turistas_, turísticos

6. construir, reconstruir, _reconstructivas_, constructor

CA8-18 "Turismo médico en Ecuador". Answer the following questions about the reading.

_b_ 1. ¿En qué consiste el turismo médico?

    a. conocer las costas, las montañas y las junglas de un país

    b. buscar tratamiento médico a un precio más bajo

    c. ofrecer paquetes vacacionales a médicos y dentistas

_c_ 2. ¿Cómo se llaman las personas que hacen turismo médico?

    a. médicos y dentistas

    b. aventureros

    c. turistas-pacientes

_a_ 3. ¿Cuál es el tratamiento más popular en el turismo médico en Ecuador?

    a. cirugías plásticas

    b. operaciones del corazón

    c. tratamientos dentales

_b_ 4. Además *(Besides)* del tratamiento médico, ¿qué más puede hacer una persona que hace turismo médico?

    a. aprender sobre enfermedades locales

    b. conocer lugares turísticos

    c. poner inyecciones a la población indígena

_c_ 5. ¿Cuál de las siguientes oraciones es falsa?

    a. Para hacer turismo médico en Sudamérica, hay que ir a Ecuador.

    b. El turismo médico es una industria lucrativa.

    c. Algunos países tienen hospitales-hoteles para los turistas.

Lectura B: "Primer encuentro"

Este cuento *(short story)* es la creación del salvadoreño Álvaro Menen Desleal, uno de los pocos autores latino-americanos que se especializan en la ciencia ficción. Se trata de *(It deals with)* un viaje muy especial —un viaje intergaláctico— y un encuentro *(encounter)* con extraterrestres.

CA8-19 Primer encuentro. Lee el cuento y contesta las preguntas en inglés.

Álvaro Menen Desleal
Primer encuentro°

No hubo explosión alguna. Se encendieron, simplemente, los retrocohetes°, y la nave° se acercó° a la superficie del planeta. Se apagaron los retrocohetes y la nave, entre polvo y gases, con suavidad poderosa, se posó°. Fue todo.

Se sabía que vendrían°. Nadie había dicho cuándo; pero la visita de habitantes de otros mundos era inminente. Así, pues, no fue para él una sorpresa total. Es más: había sido entrenado°, como todos, para recibirlos. "Debemos estar preparados —le instruyeron en el Comité Cívico— ; un día de estos (mañana, hoy mismo...), pueden descender de sus naves. De lo que ocurra en los primeros minutos del encuentro dependerá la dirección de las futuras relaciones interespaciales... Y quizás nuestra supervivencia°. Por eso, cada uno de nosotros debe ser un embajador° dotado del más fino tacto, de la más cortés de las diplomacias".

First encounter

retrorockets / spaceship
approached
landed
Everyone knew that they would come.
he had been trained

survival
ambassador

Why was the main character expecting the space ship? How has he been instructed to act during the first encounter? Why?

_____

_____

Por eso caminó sin titubear° el medio kilómetro necesario para llegar hasta la nave. El polvo que los retrocohetes habían levantado le molestó° un tanto; pero se acercó sin temor alguno, y sin temor alguno se dispuso a esperar° la salida de los lejanos visitantes, preocupado únicamente° por hacer de aquel primer encuentro un trance grato para dos planetas, un paso agradable y placentero°.

Al pie de la nave pasó un rato de espera, la vista fija en el metal dorado que el sol hacía destellar con reflejos que le herían los ojos; pero ni por eso parpadeó. Luego se abrió la escotilla°, por la que se proyectó sin tardanza una estilizada escala de acceso°.

No se movió de su sitio, pues temía° que cualquier movimiento suyo, por inocente que fuera, lo interpretaran los visitantes como un gesto hostil. Hasta se alegró de no llevar sus armas consigo.

without hesitating
bothered him
he got ready to wait
concerned only
to make his first contact a pleasant encounter for both planets

the hatch opened / ladder
he feared

How does the main character feel as the space ship lands? Why does he take care to stand still after the hatch opens?

_____

_____

Lentamente, oteando, comenzó a insinuarse°, al fondo de la escotilla, una figura.

Cuando la figura se acercó a la escala para bajar, la luz del sol le pegó° de lleno°. Se hizo entonces evidente su horrorosa, su espantosa forma.

Por eso, él no pudo reprimir° un grito de terror.

Con todo, hizo un esfuerzo° supremo y esperó, fijo en su sitio, el corazón al galope.

La figura bajó hasta el pie de la nave, y se detuvo frente a él, a unos pasos de distancia.

Pero él corrió entonces. Corrió, corrió y corrió. Corrió hasta avisar a todos, para que prepararan sus armas: no iban a dar la bienvenida° a un ser con dos piernas, dos brazos, dos ojos, una cabeza, una boca...

one began to see

the sunlight lit him up / completely

to hold back, repress
effort

to welcome

How does the main characters reaction change at the end of the story? Why do you think that happens? In your opinion, how does the story end?

_____

_____

CA8-20 Comprensión. Completa las oraciones sobre el cuento de una manera lógica.

_____ 1. En el primer párrafo de este cuento, sabemos que _____.

    a. una nave espacial llega al planeta

    b. hay una batalla entre los extraterrestres

    c. el protagonista está en el cine mirando una película de ciencia ficción

_____ 2. El protagonista del cuento _____.

    a. está muy sorprendido cuando ve la nave

    b. ataca a los visitantes inmediatamente

    c. está un poco preocupado porque tiene que recibir a los visitantes

_____ 3. El encuentro entre el protagonista y el visitante es un momento crítico porque _____.

    a. los visitantes tienen el poder *(power)* de destruir el planeta

    b. el protagonista piensa capturar y estudiar a los visitantes

    c. el protagonista quiere establecer relaciones pacíficas con los visitantes

_____ 4. El protagonista pierde control cuando _____.

    a. el visitante saca *(takes out)* su arma

    b. ve claramente la figura del visitante

    c. otra nave espacial llega

_____ 5. El visitante tiene la forma de _____.

    a. un reptil

    b. un monstruo gigantesco

    c. un ser humano

¡Vamos a escribir!

CA8-21 Estrategia: Editar y corregir. Two important steps in the refinement of a manuscript are editing (**editar**) and proofreading (**corregir**). Editing involves the revision of the factual content and organization of the text, while proofreading deals with the correction of grammar, spelling, and punctuation. Read more about these topics below and complete the activity that follows.

Estrategia: *Editing and proofreading*

Fase 1: Editar. Editing is the process of honing the organization and language of a written text. After writing a first draft, you should check for the following organizational features:

- A clear introduction, body, and conclusion

- Full development of the topic

- Cohesive, thematically unified paragraphs

- Adequate transitions between paragraphs

Fase 2: Corregir. Proofreading is the last stage of writing. After editing, you should check for errors related to word choice, grammar, spelling, and punctuation. It is often helpful to go through each sentence looking for one particular kind of error, rather than all kinds at once.

---

1. **Editar.** Read the letter on page 151 that Luisa wrote to her friend Eddy. Write your answers to the questions below on a separate sheet of paper. Finally, make improvements to the letter by crossing out information, writing in additional words or sentences, drawing arrows to reorganize text, etc. For now, ignore mistakes in grammar, spelling, and punctuation.

   a. Does the text have a sense of a beginning, middle, and end? Should any of these three parts be lengthened or shortened?

   b. Is the main idea of each paragraph clear? Should any information be added, deleted, or moved?

   c. Do the paragraphs flow smoothly? Are adequate transitions made when the main topic changes?

2. **Corregir.** After you have edited Luisa's letter, proceed to proofread it for grammar, word choice, spelling, and punctuation. To help correct the 18 errors, ask yourself these questions:

   - Does each verb agree with its subject? (**Él estás** vs. **Él está**)

   - Is the form of each verb correct? (**pedió** vs. **pidió**)

   - Do all articles and adjectives agree with the nouns they modify? (**un falda bonito** vs. **una falda bonita**)

   - Are the adjectives in proper position? (**unos blancos guantes** vs. **unos guantes blancos**)

   - Are any words missing? (**tengo trabajar** vs. **tengo que trabajar**)

   - Have the correct choices been made with "infamous" pairs such as **ser** vs. **estar, por** vs. **para,** and **saber** vs. **conocer**? (**Somos en casa.** vs. **Estamos en casa.**)

   - Are any words misspelled? Are accents placed properly?

   - Have the rules for capitalization been observed?

   - Is the punctuation correct?

26 de febrero

1   Querido Eddy:

2   ¡Saludos de Ecuador! Después de muchos meses de planear, por

3 fin soy en Quito. Todo va muy bien aquí. Me gusta mucho mis

4 profesores (¡aunque hablan muy rápido!) y mi companeros de clase

5 son muy simpático también.

6   Durante la semana tenemos estudiar mucho, pero los fins de

7 semana siempre visitamos lugares interesantes. El sabado, por

8 ejemplo, mi amiga Nina y yo visitaron el Palacio Real. Ayer,

9 Domingo, fuimos a Otavalo, donde hay un gran mercado al aire libre

10 en la centro histórico de la ciudad. Hoy necesito estudiar. Compré

11 unos recuerdos muy bonitos por mis padres: un azul suéter y un

12 cinturón de cuero. Fue muy divertido regatear.

13   Mis clases terminan el 30 de Mayo y penso viajar mucho durante

14 el mes de Junio. Todos dicen que la costa es magnífico.

15   ¿Y tú, Eddy? ¿Cómo estás?

Un abrazo de tu amiga,
Luisa

CA8-22 La salud. The Health Center at your University is preparing a brochure in Spanish for international students and you have been asked to help. Your task is to write the section on how to prevent colds and flu. After writing your first draft, be sure to edit and proofread it. Write your final draft here.

(handwritten)
Querido Eddy:
¡Saludos de Ecuador! Después de muchos meses de planear, por fin soy en Quito. Todo va muy bien aquí. Me gusta mucho mís profesores (¡ aunque hablan muy rápido!) y mi compañeros de clase son muy simpáticos también

Durante la semana tenemos estudiar mucho, pero los fins de semana siempre visitamos lugares interesantes. El sabado, por ejemplo, mi amiga Nina y yo visitaron el Palacio Real.

Un abrazo de tu amiga,
Luisa

Phrases: Asking & giving advice; describing health; encouraging; reassuring; requesting or ordering; thanking.

Vocabulary: body: parts; body: toilette; health: diseases & illnesses.

Grammar: Verbs: imperative **usted(es)**; verbs: use of **quedar** & **doler**; verbs: subjunctive with **que.**

Todo oídos

La emisora de radio WSEC 104.5 les presenta...

🔊
TRACK 27
CA8-23 "La hora de la salud". Escucha el programa sobre la salud y completa las oraciones.

_____ 1. Las credenciales de la doctora Lucía incluyen _____.

    a. un título de enfermedades respiratorias

    b. experiencia como profesora de medicina

    c. directora de una clínica comunitaria

_____ 2. La tos de Pilar es una consecuencia de _____.

    a. la pulmonía (*pneumonia*) que tuvo

    b. la gripe que le pasó hace unas semanas

    c. un resfriado que tuvo

_____ 3. La doctora Lucía le recomienda a Pilar que _____.

    a. consulte con su doctor

    b. vaya al hospital

    c. visite una clínica cercana

_____ 4. Una recomendación que la doctora le da a Rogelio es que ____.

    a. no beba bebidas alcohólicas

    b. no coma mariscos

    c. no salga al sol sin protección

_____ 5. Según la doctora Lucía, es importante que los pasajeros pongan sus medicamentos en _____.

    a. sus maletas

    b. su equipaje de mano

    c. su maletín (*briefcase*)

_____ 6. La doctora le sugiere a Rogelio que viaje con _____.

    a. agua

    b. comida

    c. las recetas de sus medicamentos

La pronunciación

The Spanish letter **g** is pronounced in two different ways, depending on which letter follows it.

🔊 **CA8-24 La letra g con a, o y u.**

TRACK 28 **1.** When the letter **g** is followed by the vowels **a, o,** or **u,** or by a consonant, it is pronounced like the *g* in the English word *gossip*. Listen to the following words and sentence and repeat each one.

lengua	garganta	tengo	siga
pongo	preguntar	estómago	gusto

Gabriel golpeó a Gómez en el estómago.

2. In the combinations **gue** and **gui,** the **u** is silent and the **g** is pronounced like the *g* in the English word *glory*. Listen to the words and sentence and repeat each one.

llegue	seguido	guía	guerra

El guerrillero no siguió en la guerra.

🔊 **CA8-25 La letra g con e y con i.** When a **g** is directly followed by either an **e** or an **i,** it is pronounced like a hard

TRACK 29 English *h*. Listen to the words and sentence and repeat each one.

generalmente	germen	gigante	gimnasio

El general giró a Ginebra.

¡Así es la vida!

Paso 1

CA9-1 Vicisitudes del estudiante. Felipe, un estudiante universitario, tiene un gran problema. Completa la conversación entre él y su amiga Beatriz con las palabras más lógicas de la lista. (**Vocabulario temático, pág. 296**)

agotado	desconectar	entregar	pasa	razón
ayuda	entiendo	fumar	procrastinar	verdad

BEATRIZ: Oye, Felipe, ¿qué te (1) _pasa_? Te ves muy estresado.

FELIPE: Tengo que (2) _entregar_ un trabajo escrito mañana y todavía no lo he empezado.

BEATRIZ: ¡Tienes que dejar de (3) _procrastinar_! ¡Empieza a trabajar!

FELIPE: Sí, es (4) _verdad_, pero ¡estoy tan (5) _agotado_!

BEATRIZ: Sí, (6) _entiendo_ perfectamente. Tenemos demasiadas obligaciones y no dormimos suficiente. Debes pedir (7) _~~procrastinar~~_.

FELIPE: Tienes (8) _ayuda_.

CA9-2 Más consejos. Varios amigos te piden consejos. ¿Qué consejos les das en las siguientes situaciones? Completa las oraciones de una manera lógica. (**Vocabulario temático, pág. 296**)

1. FLORA: ¡Estoy agotada! Mi compañera de cuarto siempre mira la televisión hasta las tres de la madrugada y no puedo dormir.

   TÚ: Debes _necesitar un nuevo compañera de cuarto_.
   + inf

2. LORENZO: Estoy furioso con mi novia. Cuando hablé por teléfono con ella ayer, me dijo que estaba enferma. Pero, anoche fui a la biblioteca y ¡la vi allí con Javier!

   TÚ: Tienes que _hablar con ella sobre eso_.
   + inf

3. RAMONA: Estudié muchísimo para el examen de inglés, pero solo saqué una "C" en el examen.

   TÚ: Tienes que _intentar una nueva manera de estudiar_.

4. IGNACIO: No tengo dinero para pagar la matrícula (tuition).

   TÚ: Debes _necesito un trabajo_.

CA9-3 ¿Qué dicen para influir en los demás? Lee lo que las siguientes personas dicen. Escoge la expresión de influencia adecuada para cada situación. **(Gramática, págs. 299–300)**

1. MARIANA, A SU NUEVA COMPAÑERA DE CUARTO: Soy muy alérgica al cigarillo. (~~(Es preferible~~ / ~~Te prohíbo)~~ que fumes en nuestro cuarto!

2. SRA. MORA, A SU HIJO: Te ves muy pálido (*pale*), hijo mío. Te (~~sugiero~~ / ~~mejor)~~ que duermas ocho horas diarias y tomes estas vitaminas.

3. SOFÍA, A SU NOVIO: ¡Estoy furiosa contigo! Te (~~pido~~ / prefiero) que por favor no vuelvas a llamarme.

4. DR. JARAMILLO, A SU PACIENTE: Entiendo que los estudiantes universitarios no tienen mucho tiempo, pero (le prohíbo (es importante) que haga más ejercicio.

5. PROFESORA SALAS, A SU ESTUDIANTE: Este tema es poco original. (Quiero / Preferible) que escojas otro.

6. ANTONIO, A SU ESPOSA: No tenemos dinero para pagar todas las cuentas. Es (aconsejo (necesario) que llames a tus padres y les pidas ayuda.

CA9-4 ¡Auxilio! (Help!) A veces necesitamos ayuda con nuestros problemas. Lee estas conversaciones y complétalas con los verbos más lógicos de la lista. Tienes que escribir el verbo en el presente del subjuntivo. **(Gramática, págs. 299–300)**

En el consultorio del médico:

lower — **bajar** *eat* — **comer** *leave* — **dejar** *do* — **hacer** *work* — **trabajar**

SR. NERI: Bueno, doctor. No sé cómo empezar a explicarle mi problema. Es que tengo mucho estrés en mi vida por motivos de mi trabajo. Yo sé que fumo demasiado y creo que he engordado (*I've gained*) unos kilos. Últimamente, me duele aquí, en el pecho.

DR. GARCÍA: No se preocupe, Sr. Neri. Ud. no tiene problemas cardíacos. Pero sí necesita modificar su vida. Primero, le aconsejo que (1) ~~baje~~ **deje** de fumar. También quiero que Ud. (2) ~~deje~~ **baje** cuatro o cinco kilos. Es necesario que Ud. (3) **coma** comidas balanceadas y que (4) **haga** más ejercicios aeróbicos.

Con la psicóloga:

adapt — **adaptarse** *be careful* — **cuidarse** *do* — **hacer** *leave* — **salir** *have* — **tener**

SRA. VARGAS: Doctora, mi esposo y yo nos queremos (*we love each other*) mucho. Pero desde que tenemos nuestro bebé, siempre estamos peleando (*fighting*). Casi nunca dormimos porque el bebé se despierta tres o cuatro veces todas las noches.

PSICÓLOGA: Uds. son padres nuevos, y es importante que Uds. (5) **tenga** un poco de paciencia. Los bebés pequeños tienen un horario muy raro (*strange*) para dormir, y en los primeros meses, es preferible que Uds. (6) **adaptarse** al horario de su bebé. También les recomiendo que (7) **hace** la siesta por la tarde, cuando el bebé duerme. ¡Y no se olviden! Es importante que Uds. (8) **sala** solos de vez en cuando sin el bebé. Un par de horas sin las presiones del bebé les puede ayudar mucho.

Nombre _____ Fecha _____

CA9-5 Para ser exitoso en la Universidad. Eres mentor(a) de los estudiantes de primer año de tu universidad. Te piden que ayudes a preparar un panfleto para ayudar a los estudiantes a tener éxito. Escribe los verbos en la forma "tú" del presente del subjuntivo. **(Gramática, pág. 302)**

Consejos para triunfar en la Universidad:

Debes tener una vida balanceada:

Es aconsejable que (**1.** saber) ~~sebes~~ *sepas* manejar diferentes aspectos de tu vida.

Es importante que (**2.** tener) *tenas* prioridades claras.

Es necesario que (**3.** buscar) *busques* mantener un equilibrio entre tu vida académica y tu vida social.

Es preferible que (**4.** ser) ~~sas~~ *seas* sociable pero también responsable.

La vida académica es primordial:

Es crucial que (**5.** ir) *vayas* a todas tus clases.

Es aconsejable que (**6.** escoger) *escojas* una carrera de acuerdo con tus talentos.

Es importante que les (**7.** solicitar) *solicites* ayuda a tus profesores, si la necesitas.

Es necesario que (**8.** organizarse) *organizar* bien.

La vida social es importante:

Es bueno que (**9.** conocer) *conozcas* personas diferentes.

Es preferible que (**10.** participar) *participes* en organizaciones universitarias.

Es recomendable que (**11.** salir) *salgas* con moderación.

Es importante que (**12.** estar) *estés* abierto a nuevas experiencias.

CA9-6 Para sentirse mejor. Aquí tienes los apuntes *(notes)* del doctor Vergara para varios pacientes. Toma el papel del doctor y completa las oraciones con recomendaciones lógicas. **(Gramática, pág. 302)**

1.

Javier Ríos

tiene mucho estrés de trabajo

es padre soltero con dos

 hijos pequeños

tiene problemas financieros

_____

_____

2.

Eva Ochoa

siempre está agotada

toma mucho alcohol

duerme 16 horas al día

_____

_____

_____

José Vergara, M.D.
Medicina Interna

Paciente: Javier Ríos

Recomendación:

Es preferible que Ud. _____

_____

_____

_____

_____

Le prohíbo a Ud. que _____

_____

_____

_____

_____

José Vergara, M.D.
Medicina Interna

Paciente: Eva Ochoa

Recomendación:

Es preferible que Ud. _____

_____

_____

_____

_____

Le prohíbo a Ud. que _____

_____

_____

_____

_____

Paso 2

CA9-7 Momentos de la vida. Completa las conversaciones con las palabras más lógicas de la lista. (**Vocabulario temático, págs. 307–308**)

1. cuentas   murió   noticias   pena   separó   siento

GABRIELA: ¡Hola, Patricio! ¿Qué me _____?

PATRICIO: Acabo de recibir muy malas _____, Gabi. Se _____ mi abuelita.

GABRIELA: ¿La que vivía en Chile? ¡Ay, cuánto lo _____!

PATRICIO: Sí, iba a visitarla después de graduarme pero ya es muy tarde.

2. casarnos   maravilloso   noticias   pasa   pena   sueños

SARA: ¡Estoy muy contenta, Ana!

ANA: ¿Sí? Cuéntame qué _____.

SARA: Conocí al hombre de mis _____ y vamos a _____.

ANA: ¡Qué _____!

3. alegro   comprometerse   divorciarse   embarazada   estupendo   ojalá

JUANA: Hola, Raúl. ¿Qué hay de nuevo?

RAÚL: Pues, mi hermana mayor está _____.

JUANA: ¡Vas a ser tío; _____!

RAÚL: Eso pienso yo, pero el esposo de mi hermana no quiere tener hijos. Están hablando de separarse.

JUANA: ¿Piensas que van a _____?

RAÚL: No sé.

JUANA: Pues, ¡_____ que todo salga bien!

CA9-8 Lucinda y Beto. Completa la historia de Lucinda y Beto con las palabras más lógicas de la lista. (**Vocabulario temático, págs. 307–308**)

cansado	divorciarse	encantado	sueños
comprometerse	embarazada	orgullosos	tristes
desconsolada	enamorado	se casaron	velorio

Cuando Lucinda tenía dieciséis años, conoció al hombre de sus **(1)** _____: Era Beto, el guapo vecino de al lado. Desde ese primer día fue evidente que Beto estaba **(2)** _____ de Lucinda; salieron juntos todas las semanas. Cuando Lucinda cumplió dieciocho años, los jóvenes decidieron

(3) _____ y un año más tarde **(4)** _____ en una bonita ceremonia en la Iglesia de San Pedro.

Unos meses después, Lucinda le dijo a su esposo que ella estaba **(5)** _____. Beto estaba

(6) _____, pero también un poco preocupado porque no ganaba mucho dinero en su trabajo. El bebé nació el próximo mayo; los nuevos padres estaban muy **(7)** _____ de su hijo. Los primeros años fueron un poco difíciles para la familia. Lucinda estuvo **(8)** _____ cuando se murió su abuela. Y Beto y Lucinda se pusieron (*became*) muy **(9)** _____ cuando los padres de Beto se

separaron y decidieron **(10)** _____ . Pero con el amor, Lucinda y Beto pudieron triunfar sobre los

desafíos (*challenges*) de la vida.

CA9-9 Los sentimientos. ¿Cómo te sientes en estas situaciones? ¿Estás orgulloso(a)?, ¿desanimado(a)?, ¿contento(a)? Describe tu reacción con la frase **estoy** + uno de los adjetivos de la lista. (**Vocabulario temático, págs. 307–308**)

MODELO   Tu amiga fuma mucho. Ahora está embarazada y no deja de fumar.

            Estoy preocupado(a).

alegre	**emocionado(a)**	**orgulloso(a)**
contento(a)	**enamorado(a)**	**preocupado(a)**
deprimido(a)	**enojado(a)**	**sorprendido(a)**
desconsolado(a)	**furioso(a)**	**triste**

1. Tu mejor amiga conoció a un chico hace tres meses. Van a casarse la próxima semana.

_____

2. Tuviste diez entrevistas para obtener un empleo de verano pero no recibiste ninguna oferta.

_____

3. Después de ser parte de tu familia por quince años, tu perro se murió.

_____

4. Tu profesora de inglés te dijo que tu composición fue la mejor de la clase.

_____

5. Tu hermana, quien adora a los niños, se casó el año pasado y ahora está embarazada.

_____

CA9-10 Expresiones de emoción. ¿Qué dice tu amigo después de visitar a sus familiares en Valparaíso? Completa las oraciones con las expresiones más adecuadas. (**Gramática, págs. 311–312**)

_____**1.** _____ que mi abuelo no quiera ir al médico. ¡Está tosiendo mucho!

    a. Me alegra   **b.** Me preocupa   **c.** Es preferible

_____ **2.** Mis primos _____ mucho que yo viva tan lejos. ¡Nos divertimos mucho cuando estamos juntos!

    a. sienten   **b.** tienen miedo de   **c.** esperan

_____ **3.** Estoy muy _____ de que mi tío sea embajador (*ambassador*) de Chile en Washington, D.C.

    a. ojalá   **b.** ridículo   **c.** orgulloso

_____ **4.** _____ que mis tíos abuelos se separen después de cuarenta años de casados.

    a. Me sorprende   **b.** Es mejor   **c.** Ojalá

_____ **5.** _____ que mis abuelos hablen mal de mi novia. ¡Es un insulto para mí!

    a. Espero   **b.** Me gusta   **c.** Me enfada

_____ **6.** A mi madre _____ que yo vaya y visite a mis familiares porque cree que la familia es muy importante.

    a. es bueno   **b.** le gusta   **c.** le molesta

CA9-11 ¿Qué cuenta Isabel? Isabel le manda a su amiga Zulema un correo electrónico. Lee lo que cuenta. Escribe los verbos entre paréntesis en el presente del subjuntivo. **(Gramática, págs. 314–315)**

De: Isabel Carvajal
Enviado el: Martes, 16 de mayo 11:44 p.m.
Para: Zulema Arias
Asunto: Noticias de mi padre

Querida Zulema:

Mi padre va a casarse (¡otra vez!). Me alegro de que él **(1)** _____ (volver) a casarse y que

(2) _____ (querer) ser feliz, pero me molesta que su nueva esposa, Tatiana,

(3) _____ (tener) la misma edad que yo. ¡Es ridículo de que él **(4)** _____

(casarse) con alguien tan joven! Mi madre también está enfadada y tiene miedo de que mi padre le

(5) _____ (dar) todo su dinero a la nueva esposa. No quiere que mis hermanos y yo

(6) _____ (asistir) a la boda. Espero que ella **(7)** _____ (entender)

que no nos queda otra *(we have no choice)*. La boda es en tres semanas. ¡Ojalá que los invitados no

(8) _____ (pensar) que Tatiana y yo somos hermanas! Bueno, Zulema, estas son las

noticias por aquí. Cuéntame qué pasa en tu familia.

Un abrazo,

Isabel

CA9-12 Dos hermanas, dos perspectivas. Las hermanas Castillo son muy distintas. Felisa es más alegre y más positiva, mientras que Dolores es más pesimista, más negativa. Toma el papel de cada hermana y completa sus comentarios con un verbo lógico de la lista. Es necesario escribir el verbo en el presente del subjuntivo para cada oración. **(Gramática, págs. 314–315)**

MODELO   FELISA: ¿Sabes que Margarita tiene una cita esta noche con Pepe Romano?

         DOLORES: ¡No me digas!

         FELISA: Pues, me alegro de que *salga* con él. Es muy simpático.

         DOLORES: Yo no. Tengo miedo de que no la *trate* bien.

dar	pensar	salir
divertirse	poder	traer
estar	querer	tratar
pedir	realizar *(to fulfill)*	

1.   FELISA: Nuestros padres van de vacaciones con los Moreno por dos semanas.

     DOLORES: Sí, lo sé.

     FELISA: Pues, es bueno que mamá y papá _____ un poco con sus amigos.

     DOLORES: ¡Qué va! Es una lástima que ellos no _____ asistir a mi fiesta de cumpleaños.

2. FELISA: Nuestra tía Liliana va a tener un bebé.

DOLORES: No te lo creo.

FELISA: Pues sí, estoy contenta de que ella _____ su sueño de tener un hijo.

DOLORES: ¿Qué dices? Me preocupa mucho que _____ embarazada a su edad.

3. FELISA: ¿Sabes que Enrique Bello le dio un anillo de compromiso (engagement ring) a nuestra prima Luisa?

DOLORES: ¡Eso es increíble!

FELISA: Pues, a mí no me sorprende que ella _____ casarse con un hombre tan guapo y rico.

DOLORES: A mí me molesta que nuestra primita _____ casarse con un hombre divorciado.

4. FELISA: Nuestro medio hermano viene a pasar el fin de semana.

DOLORES: Hace más de un año que no lo vemos.

FELISA: Sí. Ojalá que _____ a su nueva novia. Quiero conocerla.

DOLORES: A mí me enfada que él siempre les _____ dinero a nuestros padres cuando nos visita.

CA9-13 Buenas noticias y malas noticias. Tu primo colombiano te manda una carta para contarte las últimas noticias (latest news). Lee su carta y respóndele en la página 162. En tu carta, comenta las buenas y las malas noticias. Es necesario incorporar algunas de las expresiones de la lista en tu carta. **(Gramática, págs. 314–315)**

Me sorprende que	**Es bueno que**	**Estoy emocionado(a) de que**
Siento que	**Es importante que**	**Estoy triste de que**
Me preocupa que	**Es magnífico que**	**Ojalá**

Querido primo:

    Saludos desde Medellín. Te escribo con buenas noticias y malas noticias. Primero las buenas. Acabo de recibir una carta de aceptación para estudiar en los Estados Unidos el año que viene. Estoy muy contento. Hay unos problemas de finanzas, pero espero solucionarlos muy pronto. Si me ofrecen una beca (scholarship), están solucionados. Soy muy optimista y empiezo los preparativos esta semana.

    Por otro lado (On the other hand), ¿recuerdas la boda de Alfredo y Olivia a la que asistimos el año pasado? Pues, ¡fíjate! ¡Acaban de separarse! Parece que la situación es permanente. Ella quiere tomar un nuevo trabajo en otra ciudad, pero como él tiene su compañía aquí, él no quiere irse. Por el momento, la separación es su única solución.

¿Qué te parece? Escríbeme pronto.

                           Abrazos,
                           Eduardo

Querido Eduardo:

Acabo de recibir tus noticias y ¡qué sorpresa! _____

_____

_____

_____

_____

_____

_____

_____

_____

Paso 3

CA9-14 Competencia de robótica. Sandra entrevista a dos miembros del equipo de robótica de la universidad para un artículo de periódico. Completa la entrevista con las expresiones más lógicas entre paréntesis. (**Vocabulario temático, pág. 318**)

SANDRA: Cuéntenme, ¿cómo creen que les va a ir en la competencia mañana?

JAVIER: Este año diseñamos un robot genial, Sandra. ¡(**1.** Sin ninguna duda / Es dudoso) vamos a ganar!

RICARDO: Pues, yo (**2.** me siento optimista / no estoy seguro). Los otros equipos son muy buenos y nuestro robot tiene muchas imperfecciones. ¿Ganar mañana? (**3.** Es casi seguro / Es poco probable).

JAVIER: Sí vamos a ganar. (**4.** Creo que va a salir mal / Me siento muy optimista).

SANDRA: Nuestra universidad nunca ganó primer lugar, pero ¿no crees, Ricardo, que mañana puedan Uds. ganar tercer lugar?

RICARDO: (**5.** Depende / Imposible). Si podemos programar esta noche los sensores para que el robot funcione mejor, tenemos una oportunidad. Pero no sé si tendremos suficiente tiempo.

JAVIER: (**6.** No te preocupes / Creo que no), Ricardo. Pienso que todo se va a arreglar.

SANDRA: Yo también. ¡Mucha suerte, muchachos!

CA9-15 Con certeza. Eduardo Escalante es un estudiante muy arrogante que siempre habla con certeza *(certainty)*. ¿Qué dice sobre su futuro? Escoge la expresión de certeza para completar cada oración. (**Gramática págs. 320–321**)

1. (Espero / Sé) que voy a graduarme con honores.

2. (Es evidente / Es preferible) que mis talentos no son solamente académicos.

3. (Estoy orgulloso / Estoy seguro) de que mi currículum vitae es impresionante.

4. (Es ridículo / Es verdad) que quiero tener mi propia compañía.

5. (Creo / Quiero) que mis padres están muy orgullosos de mí.

6. (Pienso / Espero) que mi novia y yo vamos a casarnos y ser muy felices.

7. (Es mejor / Es cierto) que muchas personas tratan de ser *(try to be)* como yo.

CA9-16 Mi compañero(a) de cuarto. Escribe los verbos en el presente del indicativo para describir la situación con tu compañero(a) de cuarto / apartamento. **(Gramática, págs. 320–321)**

MODELO   Sé que (deber) _debo_ pensar sobre la situación con mi compañero(a) de cuarto.

1. Sé que mi compañero(a) de cuarto y yo no (llevarse) _____ bien.

2. Es verdad que yo (querer) _____ cambiar de compañero(a) de cuarto el próximo año.

3. Creo que buenos amigos no (ser) _____ buenos compañeros(as) de cuarto.

4. Es cierto que yo (tener) _____ que reflexionar sobre los conflictos que ocurren entre compañeros(as) de cuarto.

5. Es evidente que los compañeros de cuarto (experimentar) _____ muchos conflictos.

6. Me parece que mi compañero(a) de cuarto y yo (necesitar) _____ ser más flexibles.

7. Es seguro que yo (deber) _____ resolver los problemas con mi compañero(a) de cuarto de una manera diplomática.

CA9-17 La duda. Escribe los verbos entre paréntesis en el presente del subjuntivo para describir algunos acontecimientos de la familia González. **(Gramática, págs. 323–324)**

MODELO   Dudo que mis amigos y yo (ir) _vayamos_ a México durante las próximas vacaciones.

1. No estoy seguro(a) de que mi mejor amigo(a) (casarse) _____ este año.

2. No creo que mi mamá (estar) _____ embarazada.

3. Dudo que mis abuelos (venir) _____ a vivir con mi familia.

4. Es posible que mi hermano(a) (graduarse) _____ de la escuela secundaria este año.

5. Es probable que mi novio(a) me (dar) _____ un anillo para mi próximo cumpleaños.

6. Es imposible que mi padre (querer) _____ cambiar de trabajo.

7. No es verdad que mis amigos y yo (salir) _____ mal en nuestras clases.

CA9-18 Discurso de graduación. Completa el siguiente discurso *(speech)* de graduación con las formas más apropiadas de los verbos entre paréntesis. Escoge entre el presente del indicativo y el presente del subjuntivo. **(Gramática, págs. 323–324)**

Para muchos, es probable que hoy **(1. ser)** _____ la última vez que estemos en este auditorio. Es imposible que no **(2. nosotros: sentir)** _____ un poco de nostalgia. Pero también es cierto que **(3. nosotros: estar)** _____ emocionados de finalmente terminar nuestras carreras universitarias. Es verdad que hoy **(4. nosotros: recibir)** _____ un diploma pero no pienso que nuestro aprendizaje *(learning)* **(5. terminar)** _____ aquí. Sé que **(6. haber)** _____ mucho por aprender y descubrir. No es cierto que no (7. nosotros: poder) _____ continuar a ser estudiantes después de graduarnos. No es posible que (8. nosotros: influir) _____ la sociedad sin ser estudiantes permanentes. ¡Sigamos aprendiendo y siempre hablemos la verdad!

CA9-19 ¿Verdad o mentira? ¿Hasta qué punto crees tú en la información que se presenta en los medios de comunicación? Usa las expresiones de certeza y de duda para expresar tus opiniones. Después, escribe una oración para justificar tu opinión. Usa el presente del indicativo o el presente del subjuntivo, según el caso. Trata de no repetir los verbos. **(Gramática, págs. 323–324)**

MODELO   Más personas hablan español en la ciudad de Nueva York que en la ciudad de San Juan, Puerto Rico.
No creo que se hable más español en Nueva York que en San Juan porque el idioma oficial de Puerto Rico es el español.
O: *Es verdad que hay más hispanohablantes en Nueva York que en San Juan porque los puertorriqueños son ciudadanos* (citizens) *de los Estados Unidos.*

1. México, D.F. es la ciudad más poblada del mundo.

_____

_____

2. Las mujeres tienen las mismas oportunidades que los hombres en el mundo de los deportes profesionales.

_____

_____

3. Un título de la universidad es garantía de éxito profesional.

_____

_____

4. Hay más amor en una familia grande que en una familia pequeña.

_____

_____

5. El estrés resulta de tener demasiadas responsabilidades y no de no tener suficiente dinero.

_____

_____

6. Los problemas de dinero siempre tienen solución.

_____

_____

7. Los novios deben vivir juntos antes de casarse.

_____

_____

8. Es fácil hacer buenos amigos en la universidad.

_____

_____

Un paso más

Panorama cultural

CA9-20 ¿Qué recuerdas? Lee la información sobre Chile en la sección **Panorama cultural** de tu libro de texto *Puentes.* Luego, completa los datos que se mencionan sobre Chile. También, completa la información para los Estados Unidos. (**Panorama cultural, págs. 330–331**)

	Chile	Los Estados Unidos
1. Un(a) líder acusado(a) por el sistema jurídico		
2. Un libertador del país		
3. Un(a) autor(a) famoso(a)		
4. Una guerra significativa		
5. Un festival popular		

CA9-21 Imágenes de Chile. Aquí tienes vocabulario importante del vídeo. Úsalo para completar las oraciones sobre Santiago de Chile.

ambiente *atmosphere* **cuadros** *paintings*

céntrica *downtown, central* **sede** *seat*

convivir *to live with, coexist* **teleférico** *cable railway*

1. Santiago es una ciudad con gran _____, especialmente de noche.

2. En la Plaza de Armas se puede admirar los _____ que exhíben los pintores.

3. La Plaza Italia, un lugar para celebraciones y reuniones públicas, está en la zona _____ de Santiago.

4. El Palacio de la Moneda es la _____ del gobierno (*government*) de Chile.

5. Una atracción de Santiago es el _____, que transporta a gente a grandes alturas (*heights*).

6. Lo mejor de Santiago es _____ con su gente.

¡Vamos a leer!

Lectura A: Después de graduarte... ¡viaja!

Everyone has a different opinion about what students should do after graduating from college. The author of the following reading believes traveling abroad is the best decision. As you read the article, you will practice the strategy of **distinguishing fact from opinion.**

Here are a few key words in the article:

logros *achievements* **liderazgo** *leadership*

licenciado *graduate* **beca** *scholarship*

al extranjero *abroad* **cosechar** *harvest*

lanzarte *rush into* **atado** *tied up*

puesto *job* **cuentas** *bills*

entendimiento *understanding* **evitar** *avoid*

Después de graduarte... ¡viaja!

Ayer fue el glorioso día de tu graduación. Ya no eres uno de los 153 millones de estudiantes universitarios que actualmente existen en el mundo. Hoy te levantas tarde, feliz, orgulloso de tus logros. Tomas el desayuno y visitas la página web de tu favorita red social. Tienes algunos mensajes de *¡felicidades, licenciado!* y otros de *¿cuándo empiezas a trabajar?* y *bienvenido al mundo real*. Tu tío pregunta si ya tienes puesta la corbata. De repente sientes ansiedad. No estás listo para esa vida de "adulto", de ir a una oficina de 9 a 5, comprar casa, preocuparse por 401k. ¿Qué haces entonces? Viaja al extranjero por un año. ¿Quién dice que después de graduarte tienes que lanzarte al mundo laboral inmediatamente y cerca de casa? Bueno, tus padres te lo dicen, pero después de leer este artículo, los puedes convencer que un año en el extranjero es la mejor opción.

¿Por qué viajar al extranjero?

Viajar expande tus horizontes porque conoces nuevas personas y nuevos lugares. Pero lo más importante es que se ve muy favorable en tu currículum vitae. La Oficina de Estadísticas Laborales reportó en abril del año pasado que hay 5.4 candidatos por cada puesto. Para distinguirte de los otros candidatos, necesitas una experiencia única. Al vivir en otro país, adquieres valiosas capacidades de comunicación, entendimiento multicultural y liderazgo.

¿Qué puedes hacer durante ese año en el extranjero?

Hay muchas opciones. Si consigues una beca, puedes estudiar un nuevo idioma que será útil en tu carrera profesional. Otra opción es ser voluntario. En el año 2009, hubo más de 7800 personas trabajando para Peace Corps en 76 países alrededor del mundo. También puedes trabajar. Puede ser un trabajo laboral, como cosechar fruta en Chile o ser camarero en Argentina o llevar turistas por el Amazonas. Lo importante es la experiencia de vivir en otra cultura, conocer nueva gente, aprender algo sobre ti mismo. Te dará la oportunidad de conocer tus propios valores y saber lo que realmente deseas en un empleo.

¿Qué esperas?

Eres joven; tienes tiempo; no estás atado al trabajo, a los hijos, en cuentas. Si no viajas ahora, va a ser mucho más difícil en el futuro. Diles a tus padres que viajar al extranjero no es una excusa para evitar el "mundo real" sino una inversión en tu vida profesional y personal.

CA9-22 Estrategia: Distinguir hechos de opiniones. When you read nonfiction articles, you will encounter statements that can be facts or opinions. Distinguishing fact from opinion is an important strategy in analytical reading. Read about it below and then answer the questions.

Estrategia: *Distinguishing fact from opinion*

- A **fact** is a statement that is true and can be proven by objective data. The following statement, for example, is a fact: Chile is a South American country.

- An **opinion,** on the other hand, is a belief, judgment, or feeling that varies from person to person and cannot be proven true or false. The statement, Chile is the most beautiful country in South America, is an opinion. We cannot say if it's true or false, only if we agree or disagree.

- Phrases such as **En mi opinión, Creo que, Para mí...** introduce opinions, but oftentimes opinions are disguised as facts to make the argument stronger. In order to make a sound judgment of the information they are reading, it is important for readers to discern when a statement is factual information and when it is the author's opinion. Just remember, facts are objective and opinions are subjective.

1. Are the following statements from "Después de graduarte... ¡viaja!" facts or opinions? Write **F** or **O** in the blank space.

    _F_ **a.** ...los 153 millones de estudiantes universitarios que actualmente existen en el mundo.

    _F_ **b.** [Viajar] se ve muy favorable en tu currículum vitae.

    _O_ **c.** La Oficina de Estadísticas Laborales reportó en abril del año pasado que hay 5.4 candidatos por cada puesto.

    _F_ **d.** Para distinguirte de los otros candidatos, necesitas una experiencia única.

    _O_ **e.** Al vivir en otro país, adquieres valiosas capacidades de comunicación, entendimiento multicultural y liderazgo.

    _O_ **f.** En el año 2009, hubo más de 7800 personas trabajando para Peace Corps en 76 países alrededor del mundo.

    _F_ **g.** Lo importante es la experiencia de vivir en otra cultura, conocer nueva gente, aprender algo sobre ti mismo.

    _O_ **h.** Si no viajas ahora, va a ser mucho más difícil en el futuro.

2. What is the purpose of the reading? Check the best response.

    _O_ **a.** to persuade recent college graduates to travel abroad

    _F_ **b.** to inform readers of life after graduation

    _O_ **c.** to explain why employers hire candidates with travel experience

3. What fact did the author use to support her opinion that you need a unique experience to distinguish yourself from other job candidates? Check the best response.

    _F_ **a.** Al vivir en otro país, adquieres valiosas capacidades.

    _F_ **b.** Hubo más de 7800 personas trabajando para Peace Corps.

    _F_ **c.** Hay 5.4 candidatos por cada puesto.

4. Which of the following reasons is NOT given in the article to support the author's thesis? Check the best response.

    _O_ **a.** Traveling abroad will give you a competitive advantage in the job market.

    _P_ **b.** Traveling abroad is a great way to earn money to pay off your student loans.

    _F_ **c.** Traveling abroad will give you the opportunity to discover your values and what you really want in a job.

Lectura B: "Viceversa"

Mario Benedetti (1920–2009) es uno de los autores más conocidos (*best-known*) de Uruguay. Su obra incluye varios ensayos, poemas y cuentos.

CA9-23 Viceversa. Lee el siguiente poema de amor y contesta las preguntas en inglés.

> **Mario Benedetti**
> **Viceversa**
>
> Tengo miedo de verte
> necesidad de verte
> esperanza de verte
> desazones° de verte   *anxieties*
>
> *What awakens contradictory emotions in the author?*
>
> _____
>
> _____

tengo ganas de hallarte°
preocupación de hallarte
certidumbre° de hallarte
pobres dudas de hallarte

to find you

certainty

How does the author feel about finding his true love?

_____

_____

tengo urgencia de oírte
alegría de oírte
buena suerte de oírte
y temores° de oírte

fears

Hearing her will provoke what reactions?

_____

_____

o sea
resumiendo°
estoy jodido°
   y radiante
quizá más lo primero
que lo segundo
y también
   viceversa.

summing up
estoy... I'm all messed up

How does the author summarize his emotions?

_____

_____

CA9-24 Comprensión. Completa las oraciones sobre el poema con las respuestas correctas.

_____ **1.** En este poema, el autor habla de su amor por _____.

    a. su país

    b. su bebé

    c. su amada *(beloved)*

_____ **2.** Gran parte del poema consiste en _____.

    a. una exploración de las emociones contradictorias del autor

    b. un análisis abstracto del amor

    c. ejemplos concretos de la falta *(lack)* de amor

_____ **3.** En la última estrofa *(stanza)*, el autor contrasta _____.

    a. el pasado con el presente

    b. un sentimiento negativo con uno positivo

    c. las características de una persona con las de otra

¡Vamos a escribir!

CA9-25 Estrategia: Crear oraciones más complejas. As you saw in Chapters 4 and 5, you can create longer, more sophisticated sentences by connecting your ideas with words such as **aunque, porque,** and **por eso.** Read the strategy box for another way to connect a secondary point of information with the main one. Then complete the activity that follows.

Estrategia: *Creating more complex sentences*

One way to create more complex sentences is to connect related information with relative pronouns (**los pronombres relativos**). Relative pronouns such as "that" and "who" in English are used to join two simple sentences by replacing a noun in one of them. There are a number of different relative pronouns in Spanish. Two very common ones are **que** and **donde**.

Técnica 1: Use **que** *(that)* to connect a secondary point of information to the main point when both sentences refer to the same noun. This noun generally refers to a thing or to a person.

> Main point   Secondary point
> **Tengo un *problema* grande. No puedo resolver este *problema*.**
>
> Complex sentence
> **Tengo un problema *que* no puedo resolver.**
> *I have a problem that I'm not able to solve.*

Técnica 2: Use **donde** *(where)* to connect a secondary point of information to the main point when both refer to a place.

> Main point   Secondary point
> **Vivo en una *residencia* grande. Hay más de 150 cuartos *allí*.**
>
> Complex sentence
> **Vivo en una residencia grande *donde* hay más de 150 cuartos.**
> *I live in a large dormitory where there are more than 150 rooms.*

A friend of yours has created the following advertisement for a new **capoeira** club and has asked you to edit it for him. Find two places in the body of the announcement where it is appropriate to join sentences with **que** or **donde.** Write the new sentences in the space provided.

1. Complex sentence: _____

2. Complex sentence: _____

Lecciones gratuitas de capoeira

    ¿Estás totalmente estresado? ¿Quieres una alternativa a las clases de relajación y yoga? ¡Entonces la capoeira te brinda una nueva opción para aliviar el estrés!
    La capoeira es una forma de expresión artística. La capoeira combina movimientos de danza y artes marciales. Los orígenes de esta fascinante práctica cultural no son claros. Algunos dicen que tiene sus raíces en África. En el continente africano existen formas de luchar muy parecidas. Otros afirman que la capoeira ha evolucionado de un baile folklórico brasileño. Sean cual sean sus orígenes (*Whatever its origins may be*), hoy en día la capoeira está ganando en popularidad como método innovador para combatir las tensiones de la vida.
    Si quieres aprender más, apúntate para la primera reunión del club capoeira. Reserva tu plaza escribiendo al clubcapoeira@sc.edu.

CA9-26 El estrés y la vida estudiantil. Write a short composition about stress and its effect on university students. Describe the major sources of stress and what students can do to combat it. Follow these guidelines.

- Be sure your composition has a sense of beginning, middle, and end.

- Begin your paragraph(s) with a clear topic sentence.

- Use a variety of connectors to link your ideas coherently.

- Include at least two sentences with the relative pronouns **que** and/or **donde.**

- Edit and proofread your first draft. Write the final draft here.

_____

_____

_____

_____

_____

_____

_____

_____

_____

_____

_____

_____

_____

_____

_____

_____

_____

Phrases: Describing health; linking ideas; making transitions; weighing the evidence; writing a conclusion; writing an essay; writing an introduction.

Vocabulary: health; working conditions.

Grammar: Relatives: **que;** relatives: **donde;** verbs: present.

Todo oídos

La emisora de radio WSEC 104.5 les presenta...

TRACK 30

CA9-27 En contacto. Escucha el siguiente fragmento del programa "En contacto" y completa las siguientes oraciones con la mejor respuesta.

_____ 1. El señor Benavides va a hablar sobre ____.

    a. la situación económica de la comunidad

    b. los problemas con la economía de la comunidad

    c. las oportunidades de empleo en la comunidad

_____ 2. Algunas fuentes *(sources)* de empleos que se mencionan en el programa son ____.

    a. el centro de capacitación, la biblioteca y la universidad local

    b. el centro de capacitación, la biblioteca y personas de la comunidad

    c. el centro de capacitación, los periódicos y los líderes políticos

_____ 3. Durante una entrevista laboral, es importante que el solicitante *(person seeking employment)* ____.

    a. sea puntual

    b. hable mucho de su vida

    c. haga preguntas sobre el sueldo

_____ 4. No es bueno que la persona pregunte sobre ____.

    a. sus responsabilidades

    b. los beneficios

    c. las horas de trabajo

_____ 5. Las preguntas del aspirante deben limitarse a ____.

    a. la empresa, el empleo y su experiencia

    b. su experiencia y sus preferencias sobre el empleo

    c. la empresa y sus preferencias sobre el empleo

_____ 6. Según el señor Benavides, es mejor investigar otros detalles sobre el empleo ____.

    a. nunca

    b. durante la segunda entrevista

    c. cuando le ofrezcan el empleo

La pronunciación

Los dialectos en el mundo hispano

TRACK 31

CA9-28 Los dialectos. You are probably aware that there are different speech patterns or dialects in the English-speaking world. They include the many varieties of English that are spoken in Britain and in some of the Caribbean islands, as well as in different parts of the United States. Distinctive speech patterns also exist in the Spanish-speaking world. Although you will speak only one dialect, it is important that you learn to understand all of them. You may already be familiar with some of these dialectal differences. Here are some of the most distinguishing sounds.

    a. In some areas, the **y** in words like **yo** and the **ll** in words like **llamo** are pronounced somewhat like the *j* in the English word *Joe* or the *z* in *Zsa Zsa*.

    b. In other countries, there is a marked difference in the intonation (the pitch pattern), and there is a tendency to lengthen the **s** sound. This "long s" is also produced when the letter **c** is followed by an **e** or **i**.

c. In most of Spain, the letters **z** and **c**, when followed by an **e** or **i**, are pronounced like the *th* in English *thin*.

d. In some regions, the **s** is dropped before another consonant and an "h" sound may be heard in the middle or sometimes at the end of words, as in **buscan** [*búhkan*].

Ejercicio 1. Listen as four native speakers of Spanish introduce themselves, and match each speaker to one of the distinguishing sounds described above.

1. _____　　　3. _____

2. _____　　　4. _____

Ejercicio 2. Now, listen to each one again and check your answers, since each speaker has added his or her nationality at the end of his or her presentation. In which country is each of these distinguishing sounds prevalent?

1. _____

2. _____

3. _____

4. _____